जीवन की कुछ अनसुलझी पहेली
Some unsolved riddle of Life

अब्दुल वहीद
Abdul Waheed

जीवन की कुछ अनसुलझी पहेली
Some unsolved riddle of life

अब्दुल वहीद
Abdul Waheed

Awarded to
Abdul Waheed
for publishing "Some unsolved riddle of life,"

notionpress.com
CERTIFICATE OF PUBLISHING
We're proud to present this certificate of publishing to
Abdul Waheed
for successfully publishing
SOME UNSOLVED RIDDLE OF LIFE,
on 31-10-2022
"A writer's life and work are not a gift to mankind; they're a necessity" ~ Toni Morrison

समर्पण

यह पुस्तक मेरा पिता स्वर्गीय हाजी उबैदुर्रहमान उर्फ मुन्ना, व छोटा भाई अब्दुल हमीद की याद में समर्पित है। अल्लाह (ईश्वर) उनकी आत्मा को शांति दे,
आमीन।

विषय सूची

भूमिका

ज्ञान एक सागर है उसको जितना खोजेंगे (तहकीक) करेंगे उतना ही वह प्राप्त होगा, संसार में ज्ञान भरा पड़ा है सिर्फ तहकीक करने की देरी है। मैं बचपन से ही खोजी प्रवृत्ति का रहा हूं और यही मेरा प्रयास रहा है ज्ञान कहीं ना कहीं से किसी से भी कुछ भी हासिल हो उसको एकत्र कर ले उससे पहले मैं 2 पुस्तक लिख चुका हूं प्रथम विश्व प्रसिद्ध धर्म मत व संप्रदाय दूसरी पुस्तक पवित्र कुरान एक परिचय व उसके अनसुलझे रहस्य तीसरी जीवन की कुछ अनसुलझी पहेली (तत्थ) , जो आपके हाथ में है । मेरा प्रयास शुरू से यही रहा है कि सदैव समाज को एक अच्छी, सच्ची जानकारी दी जाए यह आपके द्वारा ही संभव है। कृपया इसे पढ़कर लाभ उठाएं यदि कोई त्रुटि हो तो तत्काल अवगत करें। मैं आपका सदा आभारी रहूंगा । धन्यवाद।

दिनांक - 4/8/2022

आपका- अब्दुल वहीद,

बाराबंकी, उत्तर प्रदेश, इंडिया

अपनी आवाज सुनो

अपनी आवाज अर्थात अंतः प्रज्ञा की आवाज़ क्या होती है ? यह कहां से आती है ? और यह कैसे काम करती है ? यह कुछ ऐसे प्रश्न हैं जो उस समय हमारे मन में उठते हैं जब हम इस छिपी हुई आवाज़ के बारे में सोचते हैं । - अंतःप्रज्ञा की आवाज़ ' अतीन्द्रियता ' या एक्स्ट्रा सेंसरी पर्सेपशन के क्षेत्र में आती है । (ई . एस . पी .) सामान्य इंद्रियों और समझ के क्षेत्र से परे जो मानव के मस्तिष्क या विचार का क्षेत्र है उसे हम यहां ई . एस . पी . कहकर पुकारेंगे । यह अतीन्द्रियता का क्षेत्र है जहां विवेक कार्य नहीं करता । ई . एस . पी . हमें भविष्य को जानने और हमारे सामने मुंह फाड़े खड़ी समस्याओं को सुलझाने में मदद करता है । यह जीवन के हर क्षेत्र में लाभदायक है , भले ही वह व्यापार हो , राजनीति हो , राजदर्शन हो या अन्य कोई भी क्षेत्र हो । जब हम ई.एस.पी. के निर्देशों का पालन करते हैं तो हम अपने अपने क्षेत्र में बेहतर और मज़बूत इन्सान बनते हैं । वकील और डाक्टर भी अपनी ई.एस.पी. की शक्ति से निर्देशित होते हैं । अंतःप्रज्ञा वास्तव में हर

व्यक्ति के अंदर निहित सहज ज्ञान और मार्गदर्शन है जो हर समय हर व्यक्ति को उपलब्ध होता है । जब हम किसी भयंकर संकट में होते हैं, या किसी चिंता से ग्रस्त होते हैं, उस समय यही अंतःप्रज्ञा हमें दिशा देती है ।

ऐसे अनेक उदाहरण हैं और यदि कोई अपनी अंतःप्रज्ञा की आवाज़ की आज्ञा मानता है तो वह जीवन में बहुत विकास करता है । लेकिन इसपर रहस्य का पर्दा ज्यों का त्यों बना हुआ है, क्योंकि इसे वैज्ञानिक नियमों के आधार पर समझाया नहीं जा सकता । जैसा कि हमने अभी देखा है जब हमें दिशानिर्देश की बहुत ज़रूरत होती है उसी समय हमें यह अंतःप्रज्ञा दिशा देती है और हमें उसकी आज्ञा को तुरंत कार्यान्वित करना चाहिए । यदि हम इसमें देर करेंगे तो हम अपनी समस्या को सुलझा नहीं पाएंगे तब हम पहले से भी बुरी स्थिति में पड़ जाएंगे ।

सपनों (Dream) का रहस्य

क्या यह भविष्यवाणी करते हैं ?

सपनों की प्रक्रिया एक गहरे रहस्य से ढकी हुई है । स्वप्न मनुष्य को सचेतन मानसिक क्रियाओं से भिन्न होते हैं , क्योंकि इनमें हमारी कल्पना शक्ति स्वच्छंदता से कार्य करती है । इस तरह यह जीवन क्रीड़ा के चरित्र से जुड़ते है जिसमें स्वतंत्रता और सहजता का भाव होता है । - · स्वप्न दो प्रकार के होते हैं एक दिवा स्वप्न और दूसरे रात्रि स्वप्न । इनमें से पहले प्रकार के स्वप्नों को मनुष्य जाग्रत अवस्था में अनुभव करता है , जबकि दूसरे प्रकार के स्वप्न तब आते है जब हम बिस्तर पर सो रहे होते हैं । दिया स्वप्न बच्चे में आम रूप से पाए जाते हैं , विशेषकर किशोरावस्था में , जब उनमें पर्याप्त व्यवहारिक ज्ञान की कमी होती है ।

कभी - कभी दिवा स्वप्न का स्वरूप बहुत गंभीर हो जाता है , विशेषकर तब जब कोई किशोर वास्तविक दुनिया से पूरी तरह कट जाता है और फैलासी की दुनिया में विचरना अधिक पसंद करता है । दिवा स्वप्न भी मुख्यतः तीन प्रकार के होते हैं । सबसे पहले तो मुखद दिवा स्वप्न होते है जो रूचिकर प्रकृति के होते हैं । दूसरे प्रकार के दिवा स्वप्न देखने वाले को अपने अंदर छिपी नेतृत्व करने की लालसा का और स्वप्रदर्शन करने का पूरा पूरा मौका देते हैं । तीसरे प्रकार के दिवा स्वप्न उनमें पाए जाते हैं जो स्वभाव से ही बिना किसी कारण के चिंताग्रस्त और तनाव से घिरे रहते हैं । इससे उनकी एक तनावग्रस्त

प्रकृति बन जाती है । " • रात्रि स्वप्न , जिन्हें अक्सर सपना ' कहा जाता है , ' कल्पना की क्रीड़ा होते हैं , जो दिवा स्वप्नों की तुलना में नियंत्रण तथा आलोचना से कहीं अधिक स्वतंत्र होते हैं । हम ऐसे सपनों के कम से कम तीन आवश्यक लक्षणों का उल्लेख करेंगे । सबसे पहले तो इनमें दिखाई देने वाली वस्तुओं या अहसासों में कोई लयबद्धता नहीं होती । इनमें कोई क्रमबद्धता नहीं होती और अंतर्विरोध भी मिल ही जाते हैं । जैसे हम किसी तोते को कौए में या किसी मनुष्य को पशु या पक्षी में परिवर्तित होते देख सकते हैं । दूसरे सोते समय देखे गए दृश्य या चित्र उसी समय तक ' वास्त विक ' लगते हैं जब तक सपना चलता रहता है । तीसरे , अक्सर ये सपने किसी मुखौटे में या छिपे हुए तरीके से दिखाई देते हैं । जैसे रोज़मर्रा की जिंदगी की तमाम चीजें हमें किसी और रूप में दिखाई देती है और किसी अन्य वस्तु का प्रतीक बन जाती हैं ।

यहां एक बहुत महत्त्वपूर्ण प्रश्न उठता है हम स्वप्न क्यों देखते हैं ? सपनों के लिए कौन कौन से कारण जिम्मेदार हैं ? इन प्रश्नों का उत्तर देने के लिए हम एक बहुचर्चित मनोवैज्ञानिक तथा वशीकरण विद्या में पारंगत डॉ . सिगमंड फ्रॉयड के सिद्धांत का संदर्भ देंगे । इनका कहना है कि हमारे सपने हमारी उन दबी हुई आकांक्षाओं , अभिप्रायों इच्छाओं को पूरा करते हैं जो हमारी जाग रित अवस्था में पूरे नहीं किए जा सकते । हम अनेक वस्तुओं के लिए लालायित रहते हैं , विशेषकर उनके लिए जो हमें उपलब्ध नहीं होतीं । लेकिन परंपरा सभ्यता , रीति रिवाज मर्यादाएं आदि हमें अपनी इन तमाम इच्छाओं और भावनाओं को पूरी तरह व्यक्त नहीं होने देतीं । इनके प्रभावों के बारे में सोचने की बहुत अधिक कोशिश नहीं करनी होती , क्योंकि ये इच्छाएं , आकांक्षाएं , भावनाएं आदि बहुत शक्तिशाली होती हैं और इन्हें किसी बंद कमरे में कैद नहीं किया जा सकता । अक्सर ये दमित इच्छाएं हमारी नींद और सपनों में प्रतिबिम्बित होती हैं जब कोई सेंसर

सक्रिय नहीं होता और नैतिकता के नियम निष्क्रिय होते हैं और इन इच्छाओं को पूर्ण करने में बाधा नहीं डालते । इसी तरह के उदाहरण सेक्स से वंचित मनुष्यों को सेक्स संबंधी सपनों में या ध्रुव अन्वेषण कर्ताओं के हरे तथा गर्म प्रदेशों के सपनों में भी पाए जा सकते हैं । स्वप्नों में इच्छापूर्ति के कारक इतने प्रबल हैं कि इससे कई लोकोक्तियां भी पैदा हुई है जैसे " बिल्ली को सपने में भी छिछड़े नज़र आते हैं । "

सपनों के लिए दमित इच्छाएं ही मुख्य कारण हैं , पर यह ध्यान दिया जाना चाहिए कि इच्छाएं ठीक उसी तरह पूरी नहीं होतीं जिस तरह आदमी चाहता है । इसका कारण वह मानसिक पुलिसवाला ' है जो इन इच्छाओं को उस स्वरूप में पूरी होने से रोकता है । फ्रॉयड इसे ' सेंसर ' कहते जो जागरित अवस्था में हमारी इच्छाओं को नियंत्रित करता है । लेकिन जब हम सो रहे होते हैं तब यह सेंसर भी निष्क्रिय हो जाता है और ये दमित इच्छाएं प्रतीकों में पूर्ण होने का सुख देती हैं । अक्सर यह इच्छाएं किसी छिपे हुए ढंग या मुखौटे के अंदर पूरी होती हैं तब उनकी वास्तविक प्रकृति का विश्लेषण आवश्यक होता है । इनमें से अधिकांश लोगों को अपने ऐसे सपनों की याद होगी जिनमें हम पंखधारियों की तरह आसानी से उड़ थे लेकिन इस सपने का कोई और गहरा अर्थ है । यह सपना किसी उद्देश्य को जल्दी से और खुशनुमा तरीके से प्राप्त करने की इच्छा का प्रतीक है । इसे हम स्वप्न का निहितार्थ कह सकते हैं । कंटेट ' शब्द को फ्रॉयड ने स्वप्न के प्रतीकात्मक अर्थ के लिए प्रयोग किया था ।) यह संकेत देता है और इससे आदमी को लक्ष्य प्राप्ति के लिए प्रयत्न करने की शक्ति प्राप्त होती है । निहितार्थ (' लेटेंट कि स्वप्न देखने वाला जब कभी दिक्कत का सामना करता है , तो उसकी इच्छा होती है कि वह अपने लक्ष्य तक जल्दी और प्रसन्नता पूर्वक पहुंच जाए । वह कठिनाइयों और परेशानियों से बचकर ,कांटों भरे रास्तों पर न चलकर फूलों भरे रास्ते

से गुज़रना चाहता है । वास्तव में हममें से अधिकांश लोग परेशानियों से बचकर केवल फूलों भरे रास्तों से निकलना चाहते हैं । हम अक्सर बिना रुकावट वाले रास्तों पर चलना और कठिन राह से बचना चाहते हैं । फ्रॉयड के विचार अनेक लोगों को अजीब लग सकते हैं । लेकिन सामान्य ज्ञान भी प्रतीकों के फ्रॉयड के सिद्धांत की पुष्टि करता है । एक साधारण आदमी भी जानता है कि जब वह किसी पहाड़ का सपना देखता है तो पहाड़ किसी बड़ी समस्या या कठिनाई का प्रतीक होता है । कविता , नाटक , लोक कथाओं और दंत कथाओं में प्रतीकों के गहरे जाल बुने होते हैं । नृत्य , जो कलाओं का एक सबसे उत्तम रूप है , अपनी चरम सीमा पर जाकर पूर्णतः प्रतीकात्मक हो जाता है । इसमें कोई आश्चर्य की बात नहीं कि हमारे स्वप्न भी इसी प्रक्रिया को दर्शाते है । प्रतीकात्मकता ने मनो विश्लेषकों को अपने रोगियों के असामान्य मानसिक लक्षणों को समझने में बहुत सहायता की है ।

क्या स्वप्न भविष्यवाणी करते हैं ? निश्चय ही ऐसे अनेक स्वप्न हैं जो हमारी दमित इच्छाओं के प्रतिबिम्ब है , लेकिन हमारे सभी सपने इसी श्रेणी में नहीं आते । फ्रॉयड के सिद्धांत हमें काफी मात्रा में स्वप्नों का विश्लेषण करने में मदद करते हैं , परंतु सभी सपनों का नहीं कई ऐसे स्वप्न होते हैं जिनमें पूर्वाभास होते हैं । वे भविष्यवाणी करते हैं जो हमारे भले को साबित नहीं होंगी । मशहूर लेखक चार्ल्स डिकन्स अपने एक स्वप्न का वर्णन इन पंक्तियों में देते है सपने में एक ऐसी स्त्री को देखा जो लाल रंग की शॉल पहने थी और जिसकी पीठ मेरी ओर थी .... जब वह मुड़ी तो मैंने पाया कि मैं उसे पहचानता नहीं हूं और उसने कहा- मैं मिस नेपियर हूं ।" * जब अगली सुबह में तैयार हो रहा था तो पूरे समय में यही सोच रहा था कि किसी ऐसी चीज़ के बारे में स्वप्न देखना कितना अजीब है जिसे आप जानते न हों और मिस नेपियर ही क्यों . उसी शुक्रवार को मैं पढ़ रहा था । पढ़ने के बाद में जब अपने आराम वाले कमरे में आया तो वहां मिस

बोयला और उसका भाई एक स्त्री के साथ आए जो हूबहू लाल शॉल वाली स्त्री से मिलती थी । उन्होंने उसका परिचय ' मिस नेपियर ' कहकर करवाया । " यहां डिकन्स ने सपने में एक ऐसी घटना देखी जो आगे चलकर होने वाली थी । हम यहां दो और ऐसे सपनों का उदाहरण देंगे जिन्होंने भविष्य के बारे में जानकारी दी और उनके पूर्वाभास आगे चलकर सही सिद्ध हुए । अंततः हम यह कह सकते हैं कि सपनों की प्रक्रिया को सही प्रकार से समझ पाना बहुत कठिन है । जहां अधिकांश सपने हमारी दमित इच्छाओं को पूर्ण करते हैं वहीं कुछ सपने भविष्यवाणी भी करते हैं । आने वाले समय की घटनाएं कभी कभी हमें स्वप्न में दिखाई देतीं हैं । इसलिए हम कह सकते हैं कि सपने भविष्यवाणी भी करते हैं । फिर भी सपनों की प्रक्रिया में बहुत कुछ ऐसा है ज वैज्ञानिक ढंग से अभी तक समझा नहीं जा सका है ।

पवित्र क़ुरआन द्वारा सपने की व्याख्या

तफ्सीर दअवतुल क़ुरआन

शम्स पीर जा़दा

सूरह अल अनाम 6, आयत 60

नींद को मौत की उपमा दी गई है क्यों कि नींद की हालत में आदमी दुनिया से उसी तरह बेख़बर हो जाता है जिस तरह कि मौत की हालत में होता है।

अर्थात् जो ख़ुदा रात में तुम पर नींद को हावी करता है वह तुम्हारे दिन में किए गए कर्मों से बेख़बर नहीं है। और वही

है जो रात गुज़रने के बाद फिर तुम को उठा खड़ा करता है। और यह सोने और जागने का अर्थात मरने फिर जीने का सिलसिला

जारी रहता है यहाँ तक कि तुम्हारी निश्चित की गई अवधि पूरी हो जाती है और तुम मौत की गोद में चले जाते हो। गोया मरने

के बाद दोबारा उठाए जाने का अनुभव उदाहरण स्वरुप तुम रोज़ाना करते रहते हो फिर क्या इस से मरने के बाद मिलने वाली

ज़िन्दगी की पुष्टि नहीं होती? और क्या यह अनुभव तुम्हारे अन्दर दोबारा उठाए जाने का यक़ीन पैदा नहीं करता?

तफ्सीर माजिदी, मौलाना अब्दुल माजिद दरियाबादी

संक्षिप्त परिचय - मौलाना अब्दुल माजिद दरियाबादी का जन्म 16 मार्च 1892 में दरियाबाद,बाराबंकी ब्रिटिश भारत में हुआ था।

आपकी मृत 6 जनवरी 1977 (आयु 84)

बाराबंकी, भारत में हुई।

राजनीतिक दल –खिलाफत आंदोलन

माता-पिता– अब्दुल कादिर (पिता)

अल्मा मेटर– लखनऊ विश्वविद्यालय

इलाहबाद विश्वविद्यालय, अलीगढ मुस्लिम विश्वविद्यालय

सेंट स्टीफंस कॉलेज, दिल्ली

निजी मज़हब- सुन्नी

न्यायशास्त्र - हनाफी

पंथ मटुरिडी

 मुख्य रुचि- तुलनात्मक धर्म, तफ़सीर, जीवनी, प्राच्यवाद, आधुनिकतावाद, इस्लामी दर्शन, मनोविज्ञान, यात्रा वृतांत, सूफ़ीवाद, पत्रकारिता उल्लेखनीय कार्य)

 तफ़सीर-ए-मजीदी (1941) आलमुल कुरान (1959)

सीनियर पोस्टिंग का शिष्य

अशरफ अली थानवी से प्रभावित

शिबली नोमानी, मुहम्मद इकबाल, मोहम्मद अली जौहर, अशरफ अली थानवी, हुसैन अहमद मदनी, अकबर इलाहाबादी पुरस्कार
भारत सरकार द्वारा अरबी विद्वान पुरस्कार (1966) डी.लिट. अलीगढ मुस्लिम विश्वविद्यालय द्वारा (1976)

सूरह अज-जुमर **39**, आयत **42**
अल्लाह आत्माओं को उनकी मृत्यु के समय पकड़ लेता है और यहां तक कि वो (आत्माएं) जिनकी मृत्यु नहीं आई है
सोते समय 54. तो फिर उसे उन्हें रोकना चाहिए वह उन लोगों को ले लेता है जिन्हें उसने मरने और बाकी (जीवन) का आदेश दिया है। बेशक वह (सभी बेदख़ली) में निशानियाँ हैं उन लोगों के लिए जो सोचते रहो 56.
54. खुद अर्थ बहुत व्यापक है. आत्मा का
यह पर्यायवाची हैं और इसके दो प्रकार हैं: एक नफ़्स-हयाती (या)। (भौतिक जीवन) अन्य आत्म-जागरूक (या मानसिक जीवन)
मानव आत्मा उनमें से एक है, जीवन की आत्मा है, और वही इसे अलग करती है

अल-मुत-ए-फत्जुल बुज्वाला नफ्स और आखिरी नफ्स अल-खसीर एक ही है
अल-तफ़रीक़ा अगर नाम और वह नींद के बाद सांस लेता है
प्रत्येक मनुष्य में दो आत्माएं होती हैं एक जीवित आत्मा होती है
मृत्यु के समय यह उससे दूर हो जाता है
छोड़ने से आत्मा चली जाती है और दूसरा
आत्मा का बोध होता है

यह नींद के दौरान और सोने के बाद इससे अलग हो जाता है वापस आता है "वर" बटुनी ..... मुथा "। यह दुष्ट आत्मा मन्ना शाश्वत जीवन है जिसके बाद कोई भौतिक जीवन नहीं है न होश रहता है, न समझ. "वालती मनामहा।" यह नकारात्मक भावना आंशिक ही है। जिससे जीवन भौतिक ही बना रहता है, लेकिन चेतना और समझ नहीं रहती. केवल सोएं हवा जीवन चेतन है.

55. (तो वे निलंबित आत्माएं जिनकी मृत्यु का समय अब है
वह नींद से नहीं जागे हैं और अभी भी शारीरिक स्थिति में हैं
 वे व्यस्त हो जाते हैं) "फिम्स्क ....आलमुत"। इसलिए इस
आत्माएँ भौतिक स्वभाव में वापस नहीं लौटतीं।

हज़रत अली (रजि.) से रिवायत है कि:
जब मैं सोता हूं तो मेरे शरीर में एक ज्वाला जलती है, इसलिये मेरे दर्शनों से सावधान रहना

आत्मा की नींद से लेकर शरीर तक, शरीर सदैव जीवित रहता है। (शिक्षकों की।

साक्ष्य) वू "असली आत्मा नींद के दौरान भी शरीर से होती है।"
वह दूर हो जाता है लेकिन शरीर से उसका संबंध बना रहता है (लाखों मील दूर सूर्य के रेडियल संबंध की तरह

(जमीन पर स्थिर होने के बावजूद) और सो रहे हैं
फिर भी मनुष्य स्वप्न देखता रहता है (इस आंशिक संबंध के कारण)।

जब जागृति का समय आता है तो यह आत्मा अंधी हो जाती है
 यह कम समय में शरीर में वापस भी लौट आता है। 66 और हज़रत अब्दुल्ला बिन अब्बास (आरए) के अधिकार पर: इब्न के अनुसार आदम, रूह और आत्मा सूरज की किरणों की तरह दो किरणें हैं
वह जिसके पास मन और विवेक है और आत्मा जिसके पास आत्मा और गति है

तो, दास का नाम भगवान द्वारा कब्जा कर लिया जाता है, भगवान की आत्मा उसके द्वारा कब्जा कर ली जाती है, और वह उसकी आत्मा पर कब्जा नहीं करता है।
आदम के पुत्र के पास प्राण और आत्मा, और दोनों हैं
सूर्य की किरणों की तरह रेडियल संबंध है, बस इतना ही स्वयं अनुभूति और चेतना और आत्मा का स्रोत है
वही है जिससे श्वसन और गति स्थापित होती है और मनुष्य जब यदि वह सोता है, तो परमेश्वर उसकी आत्मा को अपने वश में कर लेता है
 वह उसकी आत्मा है. "
56. अर्थात् इस बात के तर्क और प्रमाण कि अल्लाह तत्वदर्शी है
कादिर अकेला ही हर सटीक और गुप्त निपटारा करने में सक्षम है। नींद और
कला विशेषज्ञों ने सपनों की बारीकियों पर एक के बाद एक कई लेख लिखे
उन्होंने भगवान की बुद्धि की सारी दरें लगा दी हैं।

सूरह अल फुरकान **25**, आयत **47**
और वही है जिसने तुम्हारे लिए रात पर परदा डाला है और नींद विश्राम के समान और दिन पुनरुत्थान के समान है समय बना 54.
 54. तौहीद और एकता की घोषणा करना सही बात है। दिन उन्होंने बिना किसी भागीदारी के, अपनी शक्ति से व्रत किया
  और एक विशिष्ट उद्देश्य और समीचीनता के लिए अपनी बुद्धि से।
 ऐसे लेखों का अपना पूरा मूल्य तब होता है जब बहुदेववादी राष्ट्रों की मान्यताओं से अवगत रहें, जो दिन और रात को स्वयं या किसी और को देवता घोषित कर दिया है
 ऐसा माना जाता है कि इसकी रचना देवी यदृय्युता ने की थी। "रो वलनोम सबटा"। नींद

यह एक चिकित्सीय तथ्य है कि यह मनोरंजन और ताजगी का कारण है।

ग्रह (संसार) व उसके दिन(वर्ष में)

1	बुध ग्रह का एक दिन	पृथ्वी के 58 दिन 15 घंटे
2	शुक्र ग्रह का एक दिन	पृथ्वी के 243 दिन
3	पृथ्वी का एक दिन	23 घंटे 56 मिनट 4.09 सेकंड
4	मंगल ग्रह का एक दिन	पृथ्वी के 24 घंटे 37 मिनट
5	बृहस्पति ग्रह का एक दिन	पृथ्वी के 9 घंटे 50 मिनट
6	शनि ग्रह का एक दिन	पृथ्वी के 10 घंटे 14

		मिनट
7	यूरेनस ग्रह का एक दिन	पृथ्वी के 16 घंटे 10 मिनट
8	नेप्च्यून ग्रह का एक दिन	पृथ्वी के 18 घंटे 26 मिनट
9	प्लूटो ग्रह का एक दिन	पृथ्वी के 6 दिन 9 घंटे

शीबा की रानी कौन थी ?

बाइबिल में राजाओं में प्रथम पुस्तक (First Book of Kings) के अंतर्गत 10 वें अध्याय में शीबा की रानी की कहानी का इस प्रकार वर्णन है- . और जब शीबा की रानी ने ईश्वर के नाम के साथ जुड़ी हुई सोलोमन की प्रसिद्धि के बारे में सुना तो वह अपने कठिन प्रश्नों द्वारा उसकी परीक्षा लेने यरुशलम आई । रानी के साथ उसका बहुत बड़ा काफिला था , जिसके ऊंटों पर दुर्लभ मसाले , सोना तथा बहुमूल्य रत्न जवाहरात लदे हुए थे । बादशाह सोलोमन ने शीबा की रानी के प्रश्नों का तब तक उत्तर दिया जब तक वह पूरी तरह संतुष्ट नहीं हो गई । शीबा ने उसकी बुद्धिमत्ता की प्रशंसा की और उसे मसाले , सोना और रत्न भेंटस्वरूप दिए । ... और वह अपने नौकरों के साथ अपने देश वापस चली गई ।' इसी कहानी को बाइबिल के सेकण्ड बक ऑफ क्रॉनिकल्स (Second Book of Chronicles) में थोड़े से परिवर्तनों के साथ दोहराया गया है लेकिन बाइबिल में शीबा की रानी का नाम , शक्ल - सूरत , जाति व देश इत्यादि के बारे में कुछ भी नहीं बताया

गया है । सेण्टमैथ्यू के गॉस्पल (Gospel of St. Mathew) में जीसस ने दक्षिण की रानी का हवाला देते हुए कहा कि वह , " पृथ्वी के सबसे दूरस्थ इलाके से सोलोमन की बुद्धिमानी को परखने के लिए आई " । बस , बाइबिल अपने 25 छदो द्वारा शीवा की रानी के बारे में इतना ही अता - पता देती है और यहीं से जन्म लेती है 30 शताब्दियों से रहस्यमय बनी हुई उस औरत की कहानी , जिसे शीबा की रानी (Queen of Shiba) के नाम से जाना जाता है । क्या बाइबिल को आधार मान कर किसी घटना की ऐतिहासिक सत्यता को प्रामाणिक माना जा सकता है ? दरअसल राजाओं की प्रथम पुस्तक में ईसा से दसवी शताब्दी पूर्व की 40 वर्षीय अवधि के स्वर्णकाल की कहानी है । इसी में सोलोमन के शासन की कथा भी शामिल है । अतः इस बात की पूरी संभावना है कि सोलोमन की मृत्यु से कुछ समय बाद ही यह कहानी लिखी गई हो । यह इसकी ऐतिहासिक सत्यता का निकटतम प्रमाण है । बाइबिल के अनुसार जब शीबा की रानी इजराइल के राजा सोलोमन से मिलने आई तो वह परम प्रतापी राजा हो चुका था । उसकी फौजें इयुफ्रेट्स (Euphrates) से सिनाई (Sinai) रेगिस्तान तक तथा लाल सागर से पामयारा (Palmyara) तक के मार्गों का नियंत्रण करती थीं । उस समय तक यरुशलम शहर तथा उसके मंदिर का निर्माण पूरा हो चुका था । रानी ने सोलोमन को जो उपहार दिए उनसे लगता है कि वह व्यापार के उद्देश्य से भूमध्यसागर के लिए इजराइल के बंदरगाहों का प्रयोग करना चाहती थी ताकि उसके देश से सोलोमन का वाणिज्यिक संबंध जुड़ सके लेकिन यह सिर्फ अनुमान ही है

सोलोमन डेविड सबसे बड़े पुत्र तथा अपने सौतेले भाई एडोनीजाह (Adonjah) का केकी में गढ़ी पर बैठा था गोलोमन ने एशिया अपने देश की स्थिति का भरपूर फायदा उठाया । तथा 1,400 लरथों में जैम अपनी सेना द्वारा पहले शांति स्थापित की और इजराइल के सभी

कबीलों पर अपना प्रभुत्व कायम किया तथा बाद में पड़ोसी राज्यों से मित्रता करनी शुरू की । सोलोमन ने पड़ोसी राज्यों के राजाओं की पत्रियों से विवाह किए । उसकी पहली पत्नी मिस्र के फराओं की बेटी 12,000 फोनेशियन (Phonenician) लोगों की विकसित तकनीक की मदद लेकर सोलोमन ने विशाल नावों की मदद से व्यापार किया । लेबनान की पहाड़ियों में 10,000 दासों की मदद से लकड़ी कटवा कर तथा पत्थर उठवा कर यरुशलम के मंदिर व शहर के निर्माण के लिए भेजे । उसके व्यापारिक पोत सोना , चांदी , संगमरमर व कीमती पशु - धन कमा कर लाए अरब व पूर्व से आए काफिलों पर कर लगा कर बहुत - सा धन वसूला गया । इस तरह प्रति वर्ष कई - कई टन की दर से सोना सोलोमन ने एकत्रित कर लिया । यह तमाम सोना यरुशलम में जिहोवा (Jehovah) के महान मंदिर की दीवारों पर चढ़वा दिया गया । सोलोमन स्वयं सोने से जड़े हुए हाथीदांत के बने सिंहासन पर आसीन होता था तथा उसके सभी बर्तन तथा पीने के पात्र भी सोने के ही थे । सोलोमन के इस राजसी वैभव की खबरें उड़ते - उड़ते शीबा की रानी के पास भी पहुंची । शीबा की रानी के चित्र ईसाई मध्ययुगीन तथा योरोपीय पुनर्जागरण काल की चित्रकला में दिखाई पड़ते हैं । कभी रानी के रूप में तो कभी जादूगरनी के रूप में इस रहस्यमय औरत को दिखाया जाता है । 13 वीं शताब्दी में डोमिनिसियन पादरी जोकोबस दि वोरागिन (Jacobus de voragine) द्वारा लिखित पुस्तक ' लीजेण्डा औरिया ' (Legenda Aurea) में भी शीबा की रानी की सोलोमन से मुलाकात का वर्णन मिलता है । 19 वीं शताब्दी में फ्रांसीसी लेखक गुस्ताव फ्लोबर्ट (Gustave Flaubert) की रचना ' टेम्परेशन ऑफ सेण्ट एंथोनी ' (Temptation of Saint Anthony) में शीबा की रानी संत एंथोनी को रेगिस्तान में वासना की देवी के रूप में लुभाने के लिए आती है । यह रचना सन् 1874 में लिख कर तैयार हो गई थी । एक अन्य फ्रांसीसी लेखक जेराई दि नर्बल (Gerard de

Nerval) ने इसी रानी को बाल्किस (Balkis) का नाम दिया और मध्य पूर्व की यात्रा करने के बाद सन् 1851 में ' वॉयेज एन ओरिएट ' (Voyage en Orient) में ' सुबह की रानी ' के रूप में वर्णित किया । मुसलमानों के धार्मिक ग्रंथ पवित्र कुरान में बताया गया है कि सोलोमन के राजदरबार में शीबा की रानी को पत्रों के आदान - प्रदान के बाद बुलाया गया था । ' बुक ऑफ इंस्थर ' (Book of Esther) जैसी यहूदी पुस्तक के एक ' तारगुमशेनी ' (Targum Sheni) नामक अनुवाद में बताया गया है कि शीबा की रानी सोलोमन से ऐसे कमरे में मिली , जिसका फर्श कांच का था । रानी ने समझा कि वहां पानी भरा हुआ है इसलिए उसने अपनी स्कर्ट थोड़ी ऊपर उठा ली । जिसके कारण उसके पैर दिखाई पड़ गए जिन पर बाल उगे हुए थे । शीबा की रानी को असीरियायी (Assyrian) तथा बेबीलोनियन (Babylonian) किंवदतियों में लोगों को लभा लेने वाली चड़ैल के रूप में भी चित्रित किया जा चुका है । इस तरह देखा जाए तो पता चलेगा कि हजारों साल के मिथकों , लोककथाओं व साहित्यिक इतिहास में शीबा की रानी का रहस्यमय अस्तित्व कहीं न कहीं मौजूद ही है । मुसलमानों की दंतकथा के अनुसार सोलोमन ने शीबा की रानी से भी विवाह किया था । उसने रानी के रोमयक्त शरीर से बालों को साफ करने की दवा का आविष्कार करवाया और रानी को मुसलमान बनाकर उसके साथ शादी कर ली । आधुनिक युग में यमन (Yaman) जाने वाले पर्यटक मारिब की प्राचीन राजधानी शीबन (Ancient Sheban Capital of Marib) के निकट ईसा से 4 शताब्दी पूर्व का चंद्रमा के मंदिर (Temple of the Moon) के खण्डहर जरूर देखते हैं । कहा जाता है कि यही मंदिर कभी बिल्कीस का महल था । बिल्कीस के नाम का प्रयोग शीबा की रानी के लिए ही किया जाता है । 20 वीं शताब्दी में भी शीबा की रानी का रहस्य लोगों को लुभाता रहा है । डब्ल्यू . बी . यीट्स (W. B. Yeats) की कविताओं में शीबा की रानी के धर्म निरपेक्ष (

क्योंकि उसका कोई धर्म नहीं था) तथा यौन विषयक चरित्र को केन्द्र बनाया गया है । अंग्रेजी के उपन्यासकार रूडयार्ड किपलिंग (Rudyard Kipling) की कहानी ' द बटरफ्लाई दैट स्टेम्प्ड ' (The Butterfly that stamped) में तथा जॉन डॉस पासोस (John Dos Passos) के सन् 1921 में प्रकाशित उपन्यास थ्री सोल्जर्स (Three soldiers) में शीबा की रानी का वर्णन है । सन् 1934 में युवा फ्रांसीसी पत्रकार आदे मालरोक्स (Andre Malraux) ने अपने पेरिस स्थित अखबार के कार्यालय में केबिल भेजा कि दक्षिण अरेबिया के रेगिस्तान के ऊपर उड़ान भरते 20 मीनारों अथवा मंदिरों को खड़े हुए देखा । मालरोक्स ने यह दृश्य रूबल खाली हुए उन्होंने (Rubal Khali) की उत्तरी सीमा पर देखा था लेकिन उनके इस दावे की बाद में पुष्टि नहीं हुई । कुछ प्राचीन रचनाओं से पता चलता है कि शीबा की राजधानी लाल सागर के किनारे स्थित एक अरबी नगर में थी । जाहिर है कि सोलोमन के बाद आने वाले पैगम्बर शीबा की राजधानी के बारे में जानते रहे होंगे । ' बैंक ऑफ इजीकीन (Book of Ezekiel) के अनुसार शीबा की राजधानी से मसालों , कीमती जवाहरातों तथा सोने का व्यापार होता था । ' शीला ' नाम का स्रोत सेमिटिस (Semites) के पिता तथा नोह (Noch) के पुत्र शेम (Shem) से मिलता है । शीबा के 12 भाई थे । जिस तरह शीबा के दो भाइओ ने ओफिर (Ophir) तथा हाविला (Havila) की सभ्यताओं को अपने नाम दिए , उसी तरह शीबा ने भी अपनी राजधानी का नाम शीबा रख दिया । यह व्यक्ति और नगर के नाम के आपस में मिल जाने का मामला है । शीबा के भाइयों के नाम की सभ्यताएं भी रहस्य के अंधेरों में गुम हैं । उन्हें भी अभी नहीं खोजा जा सका है । " शीबा के अन्य भाइयों के नाम भी अरब के लोगों ने अपना लिए । कई भूखण्डों का नाम उनके नाम पर रखा गया । शीबा के नगर व माइन (Main) व कत्ताबान (Qataban) का नगर छठी ईस्वी तक आपस में मिला हुआ था । इन

चारों में शीबा का नगर सबसे बड़ा था , जिसे कुरान में दो बागों ' के नाम से पुकारा गया है । इन बागों को एक बड़े बांध द्वारा पानी मिलता था । व्यापार शीबा के नगर की सम्पत्ति का मुख्य स्रोत था । ईसा से 1 शताब्दी पूर्व के इतिहासकार डियोडोरस सिक्लस (Diodorus Siculus) ने इस राजधानी के धन - धान्य का वर्णन किया है । शीबा के अरबवासियों को फरवरी से अगस्त तक चलने वाली मानसूनों का रहस्य ज्ञात था , जिससे उनके व्यापारिक जहाजों को प्राकृतिक मार्गदर्शन मिल जाया करता था । बाद में यूनानियों ने भी पहली ईस्वी में इस रहस्य का पता लगा लिया । शीबा ने पानी व जमीन के रास्ते अफ्रीका व रोमन साम्राज्य से भी व्यापार किया । शीबा के माल की चारों ओर मांग थी क्योंकि मसालों को औषधि व सौंदर्य प्रसाधन बनाने में प्रयोग किया जाता था । शीबा के वासी सूर्य , चंद्रमा व शुक्र की पूजा करते थे । शुक्र को वे अश्तर (Ashtar) के नाम से पुका रते थे , जो सिडोन (Sidon) त्येर (Tyre) व बेबीलोन (Babylon) में शुक्र के लिए प्रयुक्त नाम से मिलता - जुलता था । उनकी शासन

व्यवस्था सुमेरियायी (Sumerian) व्यवस्था से मिलती - जुलती थी अर्थात् वहाँ का प्रमुख पुजारी व राजा एक ही व्यक्ति हुआ करता था । शीवा के निवासी चारों ओर से रेगिस्तान से घिरे होने के कारण सुरक्षित थे । ईसा से 24-25 शताब्दी एवं रोमन सेनापति एक्लियस गॉलस (Aclius Gallus) के नेतृत्व में हमला करने आई फौज रेगिस्तान की गर्मी और प्यास से ही पराजित हो गई । इसके 4 सौ साल बाद ही शीबा पर कोई विदेशी ताकत अपना हमला कर पाई । शीवा का उल्लेख सभी शास्त्रीय इतिहासकारों ने किया है । हेरोडोटस (Herodotus) स्ट्राबो (Strabo) , प्लिनी (Pliny) व एल्डर (Elder) द्वारा किया गया वर्णन तथा मारिब के खण्डर व शिलालेख व यमन में पाई गई पुरातात्विक सामग्री उसके अस्तित्व का प्रमाण है । शीबा

की रानी ने ईसा से 10 वीं शताब्दी में यरुशलम की यात्रा की 543 ईस्वी में शीबा का दैत्याकार बांध ढह गया । करान में इस बांध के ढहने को ईश्वर के प्रकोप की संज्ञा दी गई है । ऐसा प्रतीत होता है कि सिंचाई की व्यवस्था नष्ट हो जाने के कारण शीबा की अर्थ व्यवस्था का पतन हो गया तथा उनके निवासी घुमक्कड़ कबीलों में बंट गए । इथियोपिया के अंतिम सम्राट हेले सिलासी (Haile Selassie) का दावा था कि वे सोलोमन और शीबा के पुत्र मेनेलिक (Menolik) के वंशज हैं । यमन के लोग हजरत मुहम्मद द्वारा शीबा के नगर को अग्निपूजकों का नगर कह कर निंदा करने के कारण घृणा की दृष्टि से देखते रहे हैं । इसलिए उन्होंने सन् 1843 में फ्रांस के थॉमस जोसेफ आर्नोड (Thomas Joseph Arnaud) पर जादूगर होने का आरोप लगाया क्योंकि वे प्राचीन शिलालेखों को एकत्रित करने मारिब गए थे । मिस्री पुरातत्वशास्त्री अहमद फाखी (Ahmad Fakhri) को सन् 1947 में ऐसी ही कोशिशों के बदले काफी अपमान का सामना करना पड़ा । सन् 1934 में रेगिस्तान पर उड़ान भरने वाले मालरों के विमान पर गोली चलाई गई । सन् 1952-53 में वेण्डेल फिलिप्स (Wendell Phillips) तथा डब्ल्यू पी . अल्ब्राइट (W.P. Albright) के नेतृत्व में अमेरिकी अभियान दल को यमने से अपने यंत्रों को छोड़कर भागना पड़ा । आज पुरातत्वशास्त्रियों के प्रयत्नों से ही शीबा की रानी की कहानी के प्रमाण के रूप में मारिब के प्राचीन खण्डहर खड़े हुए हैं लेकिन शीबा की रानी की धरती के बारे में अभी भी पूरे रहस्यों का ज्ञान नहीं हो पाया है ।

शीबा की रानी कौन थी ?

बाइबिल के अनुसार शीबा की रानी इजराइल के राजा सोलोमन की बुद्धिमानी और वैभव की खबरें सुनकर सोने , जवाहरातों तथा दुर्लभ मसालों के उपहार लेकर उसके पास आई थी । इजराइल से वापिस जाने के बाद शीबा की रानी का इतिहास में कोई नामो - निशान भी

नहीं मिलता ।

क्या बाइबिल की कहानी को सत्य माना जा सकता है ? शीवा की रानी कौन थी और उसका राज्य कहां था ? क्या वह सोलोमन से विवाह करने की नीयत से आई थी ? क्या इथियोपिया का हेले सिलासी नामक सम्राट सोलोमन शीबा के पुत्र से चले वंश का था ? क्या वह एक महिला न होकर कोई चुड़ैल थी ? पिछली **30** शताब्दियों से यह रहस्य लोगों के दिमाग को मथ रहा है । यदि उसका अस्तित्व था तो निश्चित रूप से उसका आगमन दक्षिण अरेबिया से हुआ होगा , जहां के विस्तृत मैदानों में आज भी शीबा की प्राचीन राजधानी के अवशेष मिलते हैं

तफ्सीर

तफसीरूल कुरआन
मौलाना अब्दुल माजिद दरियाबादी
مطیہ) सूरा अन नम्ल **27**, आयत <u>**23**</u>
<u>आईएल) मैंने एक महिला को उन पर शासन करते हुए पाया है, 440 और</u>
<u>उसे हर चीज की गारंटी दी गई है।" और उसका एक शक्तिशाली सिंहासन है"</u>
24. (जे) मैंने उसे और उसके लोगों को सूर्य की आराधना करते हुए पाया है
अल्लाह के बजाय, और शैतान ने उनके लिए उनके काम को निष्पक्ष बना दिया है और किया है उन्हें रास्ते से रोक दिया, क्योंकि वे मार्ग पर नहीं थे;443
(25) ताकि वे उस अल्लाह की उपासना न करें जो आकाशों और धरती

में छिपी हुई बातों को निकालता है, और जानते हैं कि तुम क्या छिपाते हो और क्या

घोषित करते हो।

वहां वे किसी ऐसे देश की खोज कर रहे थे जो अभी तक सुलैमान के अधीन नहीं था, और अंततः पूर्व में एक भूमि मिली, जो सोने, चांदी और पौधों से अत्यधिक समृद्ध थी, जिसकी राजधानी किटोर कहलाती थी, और जिसकी शासक एक महिला थी, जिसे रानी के नाम से जाना जाता था। सबा का.' (जेई. XI. पृ. 443)।

<u>440. संदर्भ बिलकिस नामक रानी का है।</u> दक्षिण अरब में अमेरिकी पुरातत्व

अभियान के नेता वेंडल फिलिप्स के भाषण की एक अखबार की रिपोर्ट (दिनांक सितंबर 1951) से:-'स्वयं शीबा की रानी के बारे में फिलिप्स ने कहा कि इसमें संदेह करने का कोई कारण नहीं है कि वह एक ऐतिहासिक व्यक्ति थीं एक समृद्ध और सुसंगठित राज्य पर शासन किया। उसने निश्चित रूप से राजा सोलोमन से

मिलने के लिए ऊंट से उत्तर की यात्रा की और इस यात्रा का बहुत बड़ा व्यावसायिक महत्व

रहा होगा।'

441. (जिसकी एक शासक को आवश्यकता हो सकती है)।

442. यमन की संपत्ति और विलासिता यूनानियों और रोमनों के बीच कहावत थी, और उनकी कहानियों का एक ठोस आधार था। स्मारकों में स्टूल, कुर्सियाँ और कोच दिखाए गए हैं जिनके बारे में वे बात करते हैं, और सोने की (सोने का पानी चढ़ा हुआ?) मूर्तियों के बारे में बताते हैं। देश को कवर करने वाली इमारतें और शिलालेख इसकी संपत्ति के बारे में बताते हैं, और दिखाते हैं कि लोग कुशल राजमिस्त्री थे। वे मारिब में बांध और अदन में टैंक बनाने के लिए सक्षम इंजीनियर रहे

होंगे।' (ईआरई. एक महत्वपूर्ण शहर एक बार वहाँ खड़ा था।' (गिलमैन, ऑप. सिट., पी. 10) शेबा की रानी की कहानी एस्थर के दूसरे तरगुम में विस्तार से पाई जाती है.. वहां, कुरान की तरह, यह घेरा है जिसने सुलैमान का ध्यान देश की ओर आकर्षित किया शीबा और उसकी रानी को. उस भूमि की धूल सोने से अधिक बहुमूल्य थी, और चान्दी सड़कों की मिट्टी के

समान थी।' (जेई. XI. पृ. 235)। एस

443. '100 से अधिक देवताओं और कई मंदिरों के नाम हैं... सैम्स, सूर्य, अकाल

है और शायद सभी देवी-देवता इसके रूप हैं... ऐसे संकेत हैं कि चंद्रमा, सूर्य और शुक्र ने एक दिव्य परिवार बनाया है।' (ईबीआर. XIX. पृष्ठ 786) 'उसके लोग सबियन थे; वे अपनी समृद्ध घाटियों और अपनी सुनसान रेत पर खड़े थे, और आश्चर्य से स्वर्ग की ओर देख रहे थे, जैसे तारे, सूर्य और चंद्रमा उन पर चमक रहे थे, और उन्होंने सोचा कि ऐसी चमकदार रोशनी देवता होनी चाहिए। तब उन्होंने सिर झुकाकर स्वर्ग की सेनाओं को दण्डवत् किया।' (गिलमैन, ऑप. सिट., पी. 10) सामान्य प्रस्तुति के लिए-

सूर्य-पूजा का लेंस पी. XXIV देखें।

एन। 365. 444. वर्षा है, और घास है. (एलएल)।

445. (हे सृजित प्राणी 1)।

446. (जिसके सामने शीबा की रानी का सिंहासन महत्वहीन हो जाता है)।

तरजुमानुल कुरआन
मौलाना अबुल कलाम आजाद
(23) मैंने वहां एक महिला को देखा जो इस देश पर शासन कर रही है और वह सभी प्रकार के उपकरणों से संपन्न है और उसके

पास एक महान सिंहासन है। (24) मैंने इस महिला और उसकी क़ौम को अल्लाह को छोड़कर सूरज की पूजा करते देखा, और शैतान ने उनके कामों को उनके लिए सुखद बना दिया और उन्हें सीधे रास्ते से रोक दिया, इसलिए वे सीधे रास्ते पर हैं। (25) कि उन्हें

अल्लाह को सज्दा करना चाहिए जो आकाशों और धरती की छिपी हुई बातों को प्रकट करता है, और वह सब कुछ जानता है जो तुम प्रकट करते हो और जो कुछ तुम छिपाते हो। (22) ईश्वर वही है। उसके अलावा कोई भी पूजा के योग्य नहीं है, और वह बड़े सिंहासन का स्वामी है . जिसके ज्ञान की विशेषता का उल्लेख पवित्र क़ुरआन में बड़े महत्व के साथ किया गया है। और ऐतिहासिक दृष्टि से इस नाम की कोई जनजाति सिद्ध नहीं की जा सकती। और हज़रत सुलेमान अली इस्लाम की अद्भुत कामुकता और उनकी कृतज्ञता की भावना का महत्व, जिसका वर्णन पवित्र क़ुरान कर रहा है, निरर्थक हो जाता है। ऐ हुदहुद की इस घटना से यह भी पता चलता है कि हज़रत सुलेमान मैल सलाम की सेना ने नियमित रूप से विभिन्न प्रकार के पक्षियों को प्रशिक्षित किया था, जिसका उपयोग वे संदेश भेजने, ट्रैकिंग और खोज अभियानों में करते थे।

पक्षियों से यह कार्य लेने की विधि और उन्हें प्रशिक्षित करने की कला बहुत प्राचीन है, लेकिन यह इतिहास के आरंभ से ही अस्तित्व में है और वर्तमान समय के विज्ञान द्वारा प्रदान की गई जानकारी भी इस विचार का समर्थन करती है। कर्ण और एक व्यक्ति का जिक्र है जिसे कहा जाता है हुद हुद कुरान को विकृत करने के समान है।

सबा दक्षिणी यमन में एक प्रसिद्ध व्यापारिक राष्ट्र था, जिसकी राजधानी मारिब यमन के वर्तमान दार अल-सुल्तान सना से पचपन मील उत्तर पूर्व में स्थित थी। 15 ईसा पूर्व में, इसे दक्षिण अरब के एक अन्य प्रसिद्ध राष्ट्र द्वारा प्रतिस्थापित किया गया था। , हमीर. यमन और अरब में हदर मुत तथा अफ़्रीका में जाबिश के क्षेत्र

पर उनका कब्ज़ा था। इस देश पर भारत, मिस्र और सीरिया के व्यापार का साया था। व्यापार के अलावा, उनकी समृद्धि का कारण उनकी सिंचाई प्रणाली थी जो उनके पूरे क्षेत्र को कवर करती थी स्वर्ग बनाया गया

तफ़सीर इब्न कथिर

सूरह: **27**. अन-नमल -श्लोक: **23**

सचमुच, मैं ने एक स्त्री को उन पर प्रभुता करते हुए पाया, और उसे सब कुछ दिया गया है, और उसके पास एक बड़ा सिंहासन है।
 फिर उन्होंने कहा: (मुझे उन पर शासन करने वाली एक महिला मिली), अल-हसन अल-बसरी ने कहा: वह शीबा की रानी बिलकिस बिन्त शरहिल हैं।

क़तादा ने कहा: उसकी माँ एक जिन्न थी, और उसके पैरों के पिछले हिस्से एक राज्य के घर के जानवर के खुर की तरह थे।

ज़ुहैर बिन मुहम्मद ने कहा: वह बिलकिस बिन्त शरहील बिन मलिक बिन अल-रेयान है, और उसकी माँ फ़रिया अल-जिनिया है।

इब्न जुरैज ने कहा: बिलकिस धी शार्क की बेटी है, और उसकी मां याल्टाका है।

इब्न अबी हातिम ने कहा: अली बिन अल-हुसैन ने हमें बताया, मुसद्दद ने हमें बताया, सुफ़ियान - जिसका अर्थ है इब्न उयैनाह - ने हमें बताया, अता' बिन अल-सा'ब के अधिकार पर, मुजाहिद के अधिकार पर, इब्न के अधिकार पर अब्बास, जिन्होंने कहा: सुलेमान

के साथी के साथ एक हजार क़लील थे, प्रत्येक क़लील के नीचे एक लाख [लड़ाके] थे।

अल-अमाश ने मुजाहिद के अधिकार पर कहा: शेबा की रानी के हाथों में बारह हजार आदमी थे, और प्रत्येक शब्द के तहत: एक लाख लड़ाके।

अब्द अल-रज्जाक ने कहा: मुअम्मर ने क़तादा के अधिकार पर हमें अपने कथन में बताया: (मुझे उन पर शासन करने वाली एक महिला मिली): वह एक राज्य के परिवार से थी, और उससे परामर्श करने वाले लोग तीन सौ दो थे

दोहरे अस्तित्व का रहस्य

सन्. 1908 की बात है । ब्रिटेन में हाउस ऑफ लाईस का अधिवेशन चल रहा था । हाउस ऑफ लाईस के एक सदस्य सर कार्न रॉश उस समय फ्लू से पीड़ित थे । बीमार होने के कारण वे अधिवेशन में उपस्थित होने में असमर्थ थे । इसका कारण था । सरकार गिराने के लिए विरोधी जी - जान से लगे हुए थे । इसलिए सरकारी पक्ष के सभी सदस्यों की हाउस में हाजिरी बहुत जरूरी थी । आपको जानकर आश्चर्य होगा कि जिस समय हाउस में सरकार में अविश्वास संबंधी प्रस्ताव पर विरोधी पक्ष के मत लिए जा रहे थे , उस समय सर कार्न रॉश वहां सशरीर मौजूद पाए गए । लोगों को आश्चर्य भी हुआ कि कहां तो सर रॉश फ्लू में बिस्तर पर पड़ थे और कैसे यहां अधिवेशन में विराजमान थे ? पर यह सच था । वह अपने घर में बिस्तर पर भी थे और हाउस ऑफ लाईस में अपनी सीट पर भी उस समय उपस्थित हाउस ऑफ लाईस के तीन सदस्यों सर गिल्बर्ट वाकर , सर आर्थर हेटर और सर हेनरी आनरमन ने उन्हें सीट पर बैठे देखने की पक्की गवाही दी । हाउस ऑफ लाईस के उस दिन के अधिवेशन के अभिलेखों में सर रॉश की उपस्थिति आज भी दर्ज है । कुछ - कुछ ऐसी ही घटना कनाडा में भी घटी । विक्टोरिया नगर में 13 जनवरी , 1865 को कनाडा की ब्रिटिश कोलंबिया विधानसभा का अधिवेशन हो रहा था । पूर्वोक्त घटना की ही तरह पेचीदा मामला यहां भी था । विधानसभा के एक सदस्य • बीमारी इतनी गंभीर थी कि डॉक्टरों ने उनके बचने की उम्मीद छोड़ दी थी । चार्ल्स वुड गंभीर रूप से बीमार पड़े थे और घर में स्वास्थ्य - लाभ भी कर रहे थे । मगर घोर आश्चर्य ! वुड महाशय सशरीर उस अधिवेशन में भी उपस्थित अधिवेशन की समाप्ति पर सभी सम्मानित सदस्यों का जो ग्रुप फोटो लिया गया , उसमें भी वुड कुर्सी पर विराजमान थे । वह चित्र आज भी वहां की विधानसभा के हॉल में टंगा देखा जा सकता है । प्रश्न उठता है कि एक ही आदमी एक

क्षण विशेष में कैसे दो - दो स्थानों पर उपस्थित रह सकता है ? दोहरे अस्तित्व की इस गुत्थी को लाख कोशिशों के बावजूद विज्ञान अभी तक नहीं सुलझा पाया है । यह रहस्यमय मामला उस समय और भी रंग पकड़ लेता है , जब वही आदमी अपने दूसरे शरीर को अपने रूबरू पाता है । हर बैंकर की पुस्तक ' गैसपेंस्टर एंड स्कूप ' में ऐसे कई रोमांचकारी अनुभवों की भरमार है । एक दिलचस्प वृत्तांत इस तरह है : -म्यूनिख का एक इंजीनियर एक शाम जब अपने घर लौटा तो उसने अपने कमरे में ड्राइंग - बोर्ड पर एक आदमी को काम करते पाया । पहले तो उसे क्रोध इस बात पर आया कि एक अज्ञात व्यक्ति बिना उसकी इजाजत के उसके घर में घुस आया था और उसके ड्राइंग बोर्ड पर तेजी से कुछ खींच रहा था मगर और पास जाने पर उसका क्रोध आश्चर्य में बदल गया । • उसके ठीक सामने उसका ही प्रतिरूप ड्राइंग - बोर्ड पर काम कर रहा था । थोड़ी देर तक वह अपने दूसरे शरीर को हैरत से निहारता रहा । फिर उसके देखते ही देखते उसका ' वह शरीर ' धीरे - धीरे शून्य में विलीन हो गया । फिर उसने ड्राइंग - बोर्ड पर पड़े कागज को गौर से देखा तो उसे और भी आश्चर्य हुआ । खुशी भी हुई , क्योंकि उसके सामने एक ऐसी डिजाइन खिंची पड़ी थी , जिसको बनाने का प्रयास वह विगत कई वर्षों से करता आ रहा था , पर सफलता नहीं मिली थी । इस बारे में जानकारों का कहना है कि मानव शरीर के दो रूप होते हैं । एक प्राकृतिक शरीर , जो गोचर होता है और दूसरा सूक्ष्म शरीर , जो हमारी दृष्टि - सीमा की पहुंच से परे होता है । यद्यपि उसकी सारी विशेषताएं प्राकृतिक शरीर की ही तरह होती हैं । तीव्र इच्छाशक्ति के जोर से इस सूक्ष्म शरीर का प्रक्षेपण संभव होता है । फिर भी इसकी मनोवैज्ञानिक व्याख्या पर विज्ञान ने अभी कोई टिप्पणी नहीं दी है । दिलचस्प है । श्रीमती ओकर लिखती हैं . इस बारे में इंग्लैंड की मिसेज विलियम ओकर का एक निजी अनुभव बड़ा " गर्भपात के कारण मुझे काफी रक्तस्राव होने लगा था और डाक्टर

उसके इलाज में लगे थे । मुझे अचानक ऐसा लगने लगा , जैसे मेरा दिल डूबा जा रहा हो । मेरा शरीर पलंग पर था , पर मैं उससे विलग होकर पलंग के नीचे आ गयी थी । अर्थात् मेरा सूक्ष्म शरीर । कुछ क्षणों बाद मेरा सूक्ष्म शरीर , जो बुलबुले के समान हल्का और दूसरों के लिए अदृश्य था , अपने प्राकृतिक शरीर के चारों ओर चक्कर लगा रहा था । जब डाक्टरों ने मेरे प्राकृतिक शरीर में खून चढ़ाना शुरू किया तो मेरे सूक्ष्म शरीर ने ऐसा होते साफ - साफ देखा मैंने गौर किया कि मेरे प्राकृतिक शरीर का चेहरा पीला पड़ा हुआ था और उसकी नसों में खून बह रहा था । मेरे सूक्ष्म शरीर ने लाख चाहा कि मेरा प्राकृतिक शरीर अपनी बाहे हिलाये इलाये और डाक्टरों से कुछ कहे , पर मेरा प्राकृतिक शरीर लाचार पड़ा था , वह कुछ नहीं कर सका । अंततः मुझे अहसास होने लगा कि जैसे किसी ने मेरे सूक्ष्म शरीर को पकड़ लिया हो और उसे वापस प्राकृतिक शरीर से एकाकार कर रहा हो । ' 21 मानव शरीर के दोहरे अस्तित्व संबंधी हजारों मामले प्रकाश में आये ह ैं । सिर्फ ' फैंटाज्म्स ऑफ द लिविंग ' पुस्तक में 700 से अधिक मामले गहरी छानबीन के बाद दर्ज किये गये हैं । ऐसे मामलों (जिनमें एक जीवित व्यक्ति एक ही समय में दो स्थानों पर देखा गया) में अधिकांश तो ऐसे वृत्तात मिलते हैं , जिनमें संबंधित व्यक्ति को ही इस बात की जानकारी नहीं थी कि वह किसी और भी स्थान पर देखा गया था । कुछ ऐसे भी मामले सामने आये हैं , जिनमें किसी व्यक्ति की चाहत ने ऐसा करिश्मा कर दिखाया था । एस.एच. बेयर्ड नामक एक अंग्रेज ने ऐसा ही कमाल कर दिखाया था । वह अपने संस्मरणों में लिखता है : बात सन् 1881 के नवंबर मास की है । एक रात बिना किसी को बताये मैंने अपनी मंगेतर के कमरे में जा पहुंचने का पक्का इरादा किया मानवीय इच्छाशक्ति के बारे में काफी कुछ पढ़ रखा था और उसी आधार पर मैंने इसे आजमाने का दृढ़ निश्चय कर लिया । मेरी मंगेतर कैनमिस्टन में होगार्थ रोड के मकान नंबर -22 की दूसरी

मंजिल पर आगे की तरफ रहती थी । मैंने अपनी संपूर्ण चेतना को एकाग्र करके संकल्प कर लिया कि मैं अपने सूक्ष्म शरीर में उसके कमरे में प्रवेश करूंगा ।एक आदमी के दो ही नहीं कई व्यक्तित्व भी हो सकते हैं । " यह बही कमरा था , जिसमें मेरी मंगेतर मिस एल . एस . वेरिटी अपनी ।। वर्षीया छोटी बहन के साथ सोया करती थी । उन दिनों मैं होगार्थ रोड के उस मकान में कोई तीन मील दूर रहा करता था । दोनों बहनों को इस बात की जरा - सी भी अनक नहीं थी कि मैं क्या करने वाला है । दरअसल रविवार की उस रात सोने में थोड़ी देर पहले ही मैंने ऐसा निश्चय किया था । अपनी मंगेतर के बेडरूम में पहुंचकर मैं उसे सिर्फ देखना ही नहीं चाहता था , बल्कि किसी न किसी रूप में उसे अपनी मौजूदगी का अहसास भी कराना चाहता था । " उस रविवार के बाद अपने दिल पर काबू रखकर अगले बृहस्पतिवार से पहले अपनी मंगेतर से मैं मिला भी नहीं । पर जब बृहस्पतिवार को मिला भी । मैंने अपनी ओर से जान - बूझकर रविवार की रात वाली घटना का कोई जिक्र तक नहीं किया । लेकिन मेरी मंगेतर ने अपनी ओर से बताया कि रविवार की रात को मुझे अपने बिस्तर के पास खड़े देखकर वह डर के मारे कांपने लगी थी । फिर ज्यों ही मेरी छाया उसकी ओर बढ़ने लगी , तो उसके मुंह से बेसाख्ता चीख निकल पड़ी और उसने अपनी छोटी बहन को जगाया । उसकी बहन ने भी मुझे देखने की बात स्वीकार की । फिर मैंने भी सारे मामले को खोलकर रख दिया । " हम दोनों ने अपने इस साइकिकल रिसर्च ' के शोधकर्ता दोहराने को कहा और इसकी पूर्व सूचना देने को अनुभव को लिखकर ' ब्रिटिश सोसायटी फार एडमेड गर्नी को भेज दिया । उन्होंने इस प्रयोग को भी कहा ताकि वे भी प्रत्यक्षदर्शी प्रयोग किये , जिन पर गर्नी ने सही मुझे देखा , बल्कि बाद में कई ऐसे रह सके । विश्वास मानिए , मैंने मुहर लगायी । 22 मार्च , 1884 को मेरी मंगेतर ने न सिर्फ अपने बालों पर मेरे हाथों का स्पर्श भी स्पष्ट अनुभव किया ।

इतिहास इस प्रकार की घटनाओं से भरा पड़ा है जब एक जीवित व्यक्ति को एक ही समय में दो अलग - अलग स्थानों पर देखा गया हो । क्या हमारी दृष्टि सीमा से परे हमारे किसी ' सूक्ष्म - शरीर ' का भी अस्तित्व है ? दोहरे अस्तित्व की विलक्षण घटनाएं हमें रहस्य की भूल - भुलैया में भटकने के लिए छोड़कर चल देती हैं ।हम सिर्फ तर्क - वितर्क करते रह जाते हैं और हमारे हाथ कुछ नहीं लग पाता ।

हजारों मील दूर से इलाज

चिकित्सा की दुनिया के कितने ही जादुई चमत्कारों से आपका साबका पड़ा। होगा। ममकिन है, आपने ऐसे डाक्टरी करिश्मे देखे हो, जब डाक्टरी कमाल ने मर्दा होते जिस्म में जिंदगी की धड़कने भर दी हो या कि ' हबते दिल को सहारा देकर उबारा हो। डाक्टर कमाल के इन सारे मामलों में रोगी और डाक्टर का रूबरू होना लाजिमी होता है लेकिन यहां आपकी मलाकात एक ऐसे डाक्टर से करायी जा रही है, जिन्होंने मरीजों से रूबरू होना तो दूर रहा, उनकी कभी सूरत तक नहीं देखी। हजारों मील दर बैठे अपने रोगियों का इलाज करने वाले ऐसे डाक्टर हैं 75 वर्षीय, दुबले - पतले चीनी डाक्टर माक टिग़ सुम, जो पिछले 40 वर्षों से बोध - संवहन के जरिये अपने रोगियों का इलाज करते आये हैं। कुआलालाम्पुर (मलेशिया) स्थित अपने घर से ही वह इंग्लैंड, नाइजीरिया, आस्ट्रेलिया, फ्रांस आदि सुंदर देशों के रोगियों की चिकित्सा करते हैं। डाक्टर सम रात के 12 बजे अपने बिस्तर से उठ जाते हैं और मुंह हाथ धोकर तरो - ताजा होकर जा बैठते हैं एक दूसरे कमरे में अपनी पुरानी मेज के पीछे। वहीं से वह बैठे - बैठे अपने रोगियों का इलाज करते हैं। 12 बजे से 2-3 बजे तक उनकी यह विचित्र चिकित्सा प्रक्रिया चलती रहती है। आप जानना चाहेंगे कि भला इतनी अधिक दरी से वह कैसे इलाज करते हैं तो इसका जवाब है - दरानुभूति। जी हां, वह दूरानभूति के माध्यम से अपने मरीजों का सफल इलाज करते हैं। इस अद्भुत चिकित्सा पद्धति के बारे में डॉक्टर सुम का कहना है, " उस समय मेरा मन पूरी तरह शांत रहता है। मैं 15 मिनट तक अपने

एक रोगी का नाम मन में बार - बार होने की प्रार्थना करता इन 15 मिनट में इस प्रार्थना के अलावा कोई और विचार मेरे मन में नहीं होता हा तरीका है। 8-10 रोगियों के स्वास्थ्य लाभ की कामना करके में 3-4 बजे तक मो जाता है। समका मानना है कि तीव्र ध्यान केन्द्रण

की अवस्था उनकी ' मस्तिष्कीय विचार - ऊर्जा मीलों दूर के रोगियों की काया के तंतुओं को स्पंदित करके उन्हें नयी ऊर्जा से भर देती है । फलस्वरूप रोगी के मृत ऊतक (Cells) जीवन प्राप्त कर लेते हैं और वर्षों से कष्ट झेलता मरीज स्वास्थ्य लाभ कर लेता है । यकीन मानिए डाक्टर सुम की अद्भुत और विलक्षण चिकित्सा पद्धति से सैकड़ों की तादाद में मरीज स्वस्थ हुए हैं और उन्होंने डाक्टर सम की बदौलत नयी जिंदगी की रोशनी देखी है । डॉ . सुम की एक मरीज श्रीमती लूसी ब्राउन (इबीशायर , इंग्लैंड) ने उन्हें लिखा था- " आपने मेरे रोगों का सफलतापूर्वक इलाज करके मुझे वह सुख प्रदान किया है , जिसकी अनुभूति मुझे अपने जीवन में कभी नहीं हुई थी । मैं अब पूरी तरह से स्वस्थ हूं । ' एक तरह से देखा जाये तो सुम महाशय डाक्टर हैं भी नहीं , क्योंकि उन्होंने डाक्टरी की कभी कोई औपचारिक शिक्षा प्राप्त नहीं की । कम से कम उनके कमरे में दीवारों पर टंगी डिग्री , डिप्लोमा सर्टीफिकेटों को देखकर तो ऐसा नहीं लगता । उनके कमरे में टंगा हुआ एक डिप्लोमा तो अमरीकन कॉलेज ऑफ मिनोथेरेपी का है और दूसरा सीटेल (अमरीका) टैम्पल बार कॉलेज का है , जहां से उन्होंने सन् 1939 में कानून में डाक्टरेट की थी । यह दीगर बात है कि बाद के वर्षों में उन्होंने यूरोपियन फेडरेशन ऑफ नेचुरोपैथ्स (लंदन) और इंटरनेशनल फेडरेशन ऑफ साइकोलाजिस्ट्स एवं हिप्नोथेरापिस्ट्स (लंदन) की परीक्षाएं पास करके दक्षता प्रमाणपत्र जरूर हासिल कर लिए हैं । जाहिर है , डाक्टरी की उन्होंने कोई औपचारिक शिक्षा नहीं ली और न कभी कोई प्रशिक्षण ही इस बारे में उनका कहना है- " मैंने चिकित्सा की शिक्षा प्राप्त ह ॅ कि ' बोध - संवहन ' की विधि से अपने रोगियों की चिकित्सा कर सक । मेरे पासज्यादातर ऐसे ही कंग आते हैं , जिनका कोई डाक्टर इलाज नहीं कर पाता । मैं एक समय में 10 रोगियों में अधिक का इलाज नहीं कर सकता है । बहन के जरिये डॉक्टर मन सन् 1965 से इलाज शुरू किया । उनकी पहली मरीज की

आस्ट्रेलिया की एक निर्धन महिला , जो कैंसर में पीड़ित थी डाक्टरों का कहना था कि उसकी हड्डियों में कैंसर के प्रारंभिक चिह्न प्रकट हो गये थे । उसके इलाज में काफी खर्च की जरूरत थी , जिसका प्रबंध करना उसके बते की बात नहीं थी । इसलिए उसने डाक्टर सुम को एक चिट्ठी लिखी और अपना इलाज करने की प्रार्थना की । इस तरह शुरू हुई डाक्टर सुम की जादुई चिकित्सा , जिसका सुपरिणाम भी शीघ्र ही सामने आया । दो महीने की चिकित्सा के बाद रोगी महिला के बेटे रॉफ मेरार ने डाक्टर सुम को अपनी प्रसन्नता व्यक्त करते हुए लिखा- " अब मा की हालत में बड़ा सुधार हो गया है । अब वह अपने को पहले से अधिक स्वस्थ अनुभव करती हैं । कैंसर के प्रारंभिक लक्षण भी गायब हो गये हैं । पत्र के अंत में उसने डाक्टर सुम से प्रार्थना की थी कि वह इलाज जारी रखें , ताकि उसकी मां पूर्ण रूप से स्वस्थ हो सके । अपनी अनोखी चिकित्सा की पहली कामयाबी से डाक्टर सुम को ' आस्था- चिकित्सा ' में विश्वास हो गया और फिर उन्होंने कई लाइलाज के लिए और उनका सफल इलाज किया । उनकी एक अन्य मरीज श्रीमती मारग्रेट सा (ऐसेन , नाइजीरिया) ने उन्हें लिखा- " आपके बोध - संवहन के इलाज से मेरा गठिया और स्नायविक तनाव एकदम दूर हो गया है । अब मैं एकदम स्वस्थ अनुभव करने लग गयी हूं । " डाक्टर सुम कभी भी अपने मरीज से प्रत्यक्ष भेंट नहीं करते और न ही इसके बदले फीस या कोई भेंट ही स्वीकार करते हैं । उनकी धारणा है कि यह अद्भुत क्षमता एक कुदरती करिश्मा है और प्रभु की इस असीम अनुकंपा का इस्तेमाल मानव सेवा में ही किया जाना चाहिए । जिस मरीज का केस डॉ . सुम अपने हाथ में लेते हैं , पहले उसके पास एक ' साइको - रे बैज ' (मानसिक किरण बिल्ला) भेजते हैं और उसे पत्र से सूचित करते हैं कि किस दिन और किस समय वे उसके इलाज के लिए प्रार्थना करने वाले हैं । उस निश्चित समय पर रोगी को ' साइको - रे बैज ' अपने पास ही रखना होता है और अपने

स्वास्थ्य लाभ की कामना भी ईश्वर से करनी होती है । उसी समय में डाक्टर सुम की विचार - ऊर्जा ' उसे स्पंदित करती है और धीरे - धीरे 2-4 बैठकों में मरीज को प्रत्यक्ष लाभ होने लगता है और एक दिन रोग सदा के लिए गायन हो जाता है । जिंदगी की उम्मीद छोड़ बैठे हजारों मरीजों को डाक्टर सुम ने अपनी विलक्षण शक्ति से नमी जिंदगी दी है और वे सब डाक्टर सम का यशोगान करते हुए अमनचैन से जी रहे हैं । कैसे अपनो कमाल दिखाती है बोध - संबहन की यह क्रिया ? वैज्ञानिक इसे समझ नहीं पाये हैं ।

माक टिंग सुम नामक चीनी डाक्टर
किसी भी डॉक्टरी इलाज के लिए मरीज और डाक्टर का एक - दूसरे के सामने होना जरूरी है । पर एक माक टिंग सुम नामक चीनी डाक्टर ऐसे भी हैं जो आलम्पुर स्थित अपने घर से ही इंग्लैंड नाइजीरिया ,

ऑस्ट्रेलिया आदि सुंदर देशों के रोगियों की चिकित्सा ' बोध - संवहन पद्धति से करते हैं । यह अपनी मस्तिष्कीय विचार - ऊर्जा से मीलों दूर के रोगियों की काया के तंतुओं को स्परित कर उनमें नयी ऊर्जा भर देते हैं । कैसे करते हैं यह इलाज यह अपने - आप में एक पहेली ही है ।

धरती से गायब होते हैं लोग

सन् 1930 की घटना है । अगस्त - सितंबर मास की बात है । कनाडा के चर्चित पुलिस थाने से यही कोई पचास मील दूरी पर स्थित था अंजिकुनी नामक गांव यह एस्किमों लोगों की बस्ती थी । एक दिन अचानक अजिकनी गांव की परी की पूरी आबादी ही गायब हो गयी , जिसका आज तक पता नहीं चल सका हैरह की बात है कि इस घटना को बीते 50 साल से अधिक होने को आये , पर अंजिकली के निवासियों का आज तक पता नहीं लग पाया है , मानो किसी ने जाद से समर्थ आबादी को छूमंतर कर दिया हो । दिलचस्प बात यह है कि आदमी ही लुप्त हुए , उनकी रोजमर्रा की चीजें यथावत् थीं और उनके मवेशी भी सही - सलामत पा गये । आर्कटिक की बंजर भूमि से एस्किमों लोगों की पूरी की पूरी आबादी है । गायब हो जाने की बात प्रकाश में आयी , तो वहां की सरकार ने उनकी खोजबीन शुरू की । अधिकारी सोचने लगे कि कहीं समूची बस्ती के लोगों ने सामूहिव आत्महत्या ही तो नहीं कर ली ? खोजबीन के अत्यंत विस्मयकारी परिणाम सामने आये । गांव की सारी कब्रें खोद डाली गयीं । गांव के गायब हुए लोग तो नहीं मिले , हां , पहले दफनाये हुए लोगों की लाशें जरूर गायब मिली । जी हां , विश्वास मानिए , सारी कब्रे यो खाली पड़ी थीं , जैसे किसी ने सुनियोजित ढंग से लाशों का लापता कर दिया हो । अपनी तरह की यह कोई अकेली घटना नहीं । ऐसी कई घटनाएं काल - क्रम में प्रकाश में आयी हैं , जब सामूहिक रूप से लोगों के लापता होने की अविश्वसनीय घटनाओं ने लोगों को दहशत और रोमांच से लबरेज कर दिया हो और जहा मौन रह गया हो विज्ञान ।

एक घटना फ्रेंच इंडोचीन (आज का वियतनाम) की है । उस समय यह देश फ्रांसीसियों के कब्जे में था। सन् 1885 में यह अजीब घटना घटी थी । एक दिन 600 फ्रांसीसी सैनिकों की एक टुकड़ी ने छावनी में मेगॉन नगर की ओर कूच किया । यह की मुश्किल से पढह गील ही

गयी होगी कि अचानक क्या हुआ कि पूरी देखते ही देखते जाने कहां गुम हो गयी । राहगीर भी आश्चर्यचकित रह गये । उनकी आखें विस्मय और हैरत से फटी रह गयी । उन्होंने आखें मल - मलकर और घर - घरकर देखा पर सचमच पूरी की पूरी टुकड़ी कहीं विलीन हो गयी थी । देखने वालों ने कहा कि ऐसा अजीबोगरीब वाकया उन्होंने अपनी जिंदगी में कभी नहीं देखा न तो उन्हें किसी ने पकड़ा और न किसी अन्य टकड़ी ने उन पर हमला ही किया था । फिर ऐसा हैरतअंगेज कारनामा क्योंकर और कैसे घटित हो गया ? बाद में गहरी खोजबीन की गयी , पर नतीजा कुछ न निकला । उन गुम हुए 600 सैनिकों में से किसी एक का भी न तो कोई सुराग मिला और न किसी की बदके आदि ही मिलीं । कुछ ऐसा ही दृश्य उस समय उपस्थित हो गया था , जब सन् 1939 के अंत में लगभग 3,000 चीनी सैनिक देखते ही देखते गायब हो गये । घटना 10 दिसंबर , 1939 के दिन दक्षिण में नानकिंग में घटी थी । दोपहर के दो - तीन बजे तक तो वे 3,000 चीनी सैनिक देखे गये थे । जब शाम को करीब पांच बजे उन सभी सैनिकों को बलाने का आदेश दिया गया , तो उनका कहीं अता - पता नहीं था । जहां वह टुकड़ी एकत्र थी , वहां उनके हथियार तो मिले पर उनका कोई नामोनिशान नहीं था । अपने हथियार छोड़कर वे सब के सब कहां गायब हो गये ? क्या किसी अदृश्य शक्ति ने उनका अपहरण कर लिया ? क्या वे किसी अन्य ग्रह को ले जाये गये ? कुछ भी तो नहीं कहा जा सकता । चूंकि उन दिनों नानकिंग पर जापान ने हमला कर रखा था , अतः चीनी सेनाधिकारियों ने विचार किया , कहीं ऐसा तो नहीं कि जापानियों ने सारे के सारे चीनी सैनिकों को बंदी बना लिया हो ? पर वे उनके हथियार क्यों छोड़ गये ? अस गुजर गया , जब आक्रमण समाप्त हुआ और आक्रमणकाल के जापानी रिकार्ड देखे गये , तो आश्चर्यजनक तथ्य उभरकर सामने आये । जापानियों ने नानकिंग में कभी एक साथ इतने अधिक चीनी सैनिकों को बंदी नहीं

बनाया था । जापानी दस्तावेज आज भी इस घटना के गवाह हैं । हिटलर के बारे में सबसे विवादास्पद पुस्तक ' द ऑकल्ट रीश ' के लेखक जे . एच ब्रेनन ने अपनी एक अन्य पुस्तक ' द अल्टीमेट एल्सव्हेबर ' में ऐसी बहुत मी घटनाओं का वर्णन किया है , जिनमें सामूहिक रूप से लोग कहीं अदृश्य हो गये और बाद में गहरी खोजबीन के बाद भी उनका कोई हाथ नहीं लगा ब्रेनन ने सुनी - मनाई बातों पर ये रहस्यगाथाएं नहीं रची हैं । उन्होंने दुनियाभर की तमाम पुलिस फाइलों का गहरा अध्ययन किया है और उनसे लिये गये उन केसों का हवाला दिया है , जिनमें सामूहिक रूप से लोग बिना कोई सूत्र संकेत छोड़ें लापता हो गए। ब्रेनन की तो मान्यता यह है कि इस धरती से परे कोई ऐसा अदृश्य लोक है . जहां के प्राणी कभी धरती पर आकर ऐसा उत्पात मचाते हैं , यानी धरती के प्राणियों का अपहरण कर लेते हैं और हमें विस्मित कर जाते हैं । ब्रेनन का कहना है कि ऐसी घटनाएं सैकड़ों की संख्या में हुई है , पर प्रकाश में कम इस नाते आ पायी है अधिकांश सरकार गुप्त कारणों से इस पर पर्दा ही पड़ा रहने देना अधिक यस्कर है ।

यदि सचमुच ऐसा है कि किसी अज्ञात लोक के प्राणी धरती के प्राणियों का अपहरण कर लेते हैं तो महज ही हमारे मन में प्रश्न उठता है कि क्या कभी ऐसा कोई अपहृत प्राणी भू - लोक में वापस भी आया है ? इसका उत्तर बेनन महाशय ' हा ' में देते हैं । ऐसे केवल एक धरतीवासी का ही उदाहरण हमारे सामने आया है । वह है सन् 1828 की एक शाम को जर्मनी के त्यमबर्ग शहर की एक सड़क पर बदहवास हालत में भटकता पाया गया कैम्पर हॉसर नामक युवक उस दबक के बारे में उसकी मृत्यु तक किसी को नहीं पता बकि आखिर वह कौन था और कहा का रहने वाला था ? कैम्प का वृत्तात देते हुए ब्रेनन लिखते हैं " जिस समय जर्मनी की सड़को पर वह दबक बदहवासी की हालत में देखा गया था , उसके पांव सजे हुए थे । प्रकाश के कारण उसकी आखे

चौंधिया रही थी । उसे अपने नाम तक का पता नहीं था और न उसे यही पता था कि वह न्यूरेमबर्ग में कहां से और कैसे पहुंचा । इसका कारण यह था कि उसे किसी अज्ञात भाषा के सिर्फ दस शब्द मालम थे , जिन्हें वह स्तोते की तरह दोहराता जाता था । भोजन दिये जाने पर उसे उसने जरूरत से कहीं अधिक खाया , पर उसे दूध और जल की कोई पहचान नहीं थी और तो और आग को उसने ऐसी निगाहों में देखा , जैसे उसे वह पहली बार देख रहा हो ।

14 दिसंबर 1833 को जब वह एक पार्क में घूम रहा था तो किसी अज्ञात व्यक्ति ने उसकी हत्या कर दी । उसकी रहस्यमय मृत्य पर ब्रेनन महाशय टिप्पणी ' हो न हो , उसका कातिल अज्ञात लोक का ही कोई बासी रहा होगा । ' सच जो भी हो , धरती के किसी भू - भाग में प्राणियों के रहस्यमय सामहिक लोप की व्याख्या विज्ञान नहीं कर सका है । ** ऐसी बात नहीं है कि लोग समूहों में ही गायब हुए ही , इतिहास के पन्ने पलटें तो ऐसे कई मामले रोशनी में आ उभरते हैं , जिनमें कई बार राह चलते - चलते या फिर कहीं भी बैठे - ठाले ही अकेले लापता हो जाने की बातें देखने - मनने में आयी है । पश्चिमी पार्कशायर स्थित ब्रेडफोर्ड में पोलैंड के कैथोलिक पावरी अंतरी बोनिस्की का मामला ऐसा ही है । 13 जलाई , 1953 की बात है । अपने घर में हीविक्टर प्रेसन जो संदन के से अचानक गायब हो गये एक बैठे थे । शाम के वक्त टेलीफोन की घंटी बजी । उसे उन्होंने उठाया और पोलिश भाषा में उत्तर देते हुए उन्होंने कहा कि " ठीक है , मैं आता है । " और इतना कहकर वे घर से गंतव्य की ओर चल पड़े । यही कोई 200 गज चलने के बाद एक मोड की ओर मड़े और उनकी बदकिस्मती तो देखिए कि यही मोड़ उनके जीवन का अंतिम मोड था । उसी मोड पर वे आखिरी बार देखे गये और फिर अचानक वह वहां से ऐसे लुप्त हो गये , मानो उन्हें हवा ने लील लिया हो । कुछ - कुछ ऐसा ही मामला कोलने वैली के तेज - तर्रार यवा सोशलिस्ट सांसद विक्टर

ग्रेसन का भी है । सन् 1920 की बात है । उस समय वे लंदन के एक होटल में ठहरे हुए थे । बार में बैठे हुए वह रिलैक्स कर रहे थे । जब अंतिम पैग समाप्त कर चुके तो वह बार से निकलकर सामने की सड़क पर किनारे - किनारे चलने लगे । चहल कदमी करते हुए वह बमुश्किल थोड़ी दूर ही गये होंगे कि देखने वालों ने देखा कि वह अचानक गुम हो गये । लाख ढूंढ़ने पर भी कहीं उनका कोई अता - पता न चल सका । इसी तरह संयुक्त राज्य अमरीका के टेनेसी स्थित गैलेटिन के निवासी डेविड लाग की गमशुदगी का प्रकरण भी कोई कम विस्मयकारी नहीं । डेविड लांग एक प्रतिष्ठित किसान थे । खलिहान स्थित अपने निवास स्थान पर वह अपने दोनों बच्चों डेविड और मॉग के साथ कुछ बातचीत कर रहे थे । एकाएक उस तेज दोपहरी में उन्हें कोई काम याद आ गया और वह अपने खलिहान से गंतव्य की ओर चल पड़े । बमश्किल अपने घर के सामने 100 गज तक चलने के बाद वे अचानक लापता हो गये । 23 सितंबर , 1808 की उस मनहूस दोपहरी की हवा ने उन्हें देखते ही देखते लील लिया । उनके अद्भुत और रहस्यमय ढंग से गायब हो जाने के 3-3 चश्मदीद गवाह भी मौजूद थे ।

जिस समय डेविड लांग अपने सालिहान में निकले , उस समय उनके दोनों बच्चे 8 वर्षीय डेविड और 11 वर्षीया गॉग - घर के बाहर खेल में मशगल थे । मित्र और संभात नागरिक न्यायाधीश आगस्टस पीक ने देखा था । पीच के साथ उनका एक और मित्र भी था । दोनों घड़सवारी के लिए निकल रहे थे । इन दोनों ने डेविड नाग के प्रति अपनी शुभकामना भी व्यक्त की । श्री जिवाब भी नाग महाशय ने दिया था । फिर तीनों धीरे - धीरे चलने लगे 5-10 कदम आगे बढ़ते ही आश्चर्यजनक ढंग से डेविड लांग अचानक लापता हो गये । सक्छ पल भर में हो गया और दोनों ठगे से खड़े रह गये । डेविड लाग के अद्भुत ढंग से गायब हो जाने की खबर सनकर खासी भीड़ जमा हो गयी और

उनकी खोज शुरू हो गयी । लोगों ने उन्हें आसपास ढूंढा । कहीं कोई गड़ढा या दरार भी नहीं थी कि वह उसमें गिरकर फंस गये होते । आसपास सखी घाम अवश्य थी , जिनमें उनके छिपने की संभावना कतई नहीं थी । सारा जनसमह विम्मित - विम इस घटना पर विचार करता रहा , जिसकी कोई व्याख्या न हो सकी । हा निश्चय ही उनका एक अच्छा पहोसी अदृश्य हवाओं की भेंट चढ़ गया था । ऐसी ही गमशदगी को लेकर लंदन में एक अजीबोगरीब मुकदमा पेश हुआ । सन् 1979 में लंदन के एक संबंध - विच्छेद न्यायालय में वादी महिला ने अपने पति से तलाक नामे की अर्जी देते हुए अपने प्रतिवेदन में जो कुछ कहा वह एक अद्भुत वाकिया था ।

हुआ यह कि बादी महिला श्रीमती और उसके पति एलस म 1975 में गयों की माने उत्तरी ध्रुब की ओर गये । वहा बातावरण बड़ा ही मनोरम और नैसर्गिक था जोमटम दयति उन यादगार को में बताने में कोई कोर - कसर नहीं छोड़ना चाहते थे । वे रहर मर्म निकल जाते , पति खूबसूरत नजारों और अपनी बीवी की तस्वीर अपने कैमरे में जगह - जगह करता रहता । एक दिन की बात है । रूसी सीमा के निकट लेप लैंड में स्थित एक निर्जन र से होकर गुजरने वाली पगडंडी पर से वे आसपास के दृश्यों को लुभावनी में देखते आगे - आगे चले जा रहे थे । थोड़ी दर चलने पर एक मोड़ आया । एम ने सोचा कि यहां फोटोग्राफी की जाए , सो वह वहां रुक कर अपना कैमरा ठीक करने लगा और इन बातों से बेफिक्र क्रिस्टीन आगे बढ़ती चली गयी । थोड़ी चलने के बाद जब उन्हें अपने पति के कदमों की आहट नहीं सनायी पड़ी तो उन्होंने पीछे मुड़कर देखा मगर यह क्या ? उनके पति का कही दर - दर तक अता - पता न था । वे बदहवास - सी इधर - उधर घूमती रहीं , अपने पति को जोर - जोर से प्रकारती रही और सिर्फ उनकी ही प्रतिध्वनिया उन्हें सनायी पड़ी । पति की आवाज मदा के लिए गम हो गयी थी । वास्तव में क्रिस्टीन का पति , इनफोर्ड इमेक्स का निवासी एलन

जांसटन अचानक अदृश्य हो गया था । क्रिस्टीन ने इस घटना की रिपोर्ट गुमशुदा लोगों की खोज करने वाली टुकड़ी के अधिकारियों से की । एलन को ढूंढने का प्रयाम व्यर्थ ही रहा । खोजी दल के कत्ले उस मोड से कभी आगे नहीं बढ़ पाये , जहा आखिरी बार क्रिस्टीन ने अपने पति एलन को देखा था । हफ्ते भर की गहरी खोजबीन का नतीजा कुछ न निकला । एक संभावना यह भी व्यक्त की गयी कि हो सकता है कि सोवियत दल द्वारा एलन को पकड़ लिया गया हो । कारण , वह स्थान रूसी सीमा के काफी नजदीक पड़ता था पर शीघ्र ही सोवियत दल के प्रधान अधिकारी ने सूचित किया कि उन्हें उक्त गमशदा के बारे में कोई जानकारी नहीं थी । उसने छानबीन के लिए एक मोजी दस्ता भी भेजा था । अंत में हारकर क्रिस्टीन 4 वर्ष की लंबी प्रतीक्षा के बाद लंदन के उक्त न्यायालय में तलाकनामा पेश किया । हालांकि अदालत के सामने ऐसे कई प्रश्न थे , जिनके उत्तर नदारद थे पर विद्वान न्यायमति ने यह मानकर कि क्रिस्टीन का पति एलन मर चुका है , उसे तलाक की अनुमति दे दी । अब क्रिस्टीन अपना स्वतंत्र जीने की कानूनी तौर पर अधिकारिणी बन गयी थी । या समो में लोगों के रहस्यमय ढंग से गायब होने के अनगिनत प्रकरण सामने आये है पर आज तक उनकी कोई तक मंगत व्याख्या नहीं हो पाई है।

युवा सांसद विक्टर ग्रैसन, जो लंदन के एक होटल से अचानक गायब हो गए और फिर कभी नहीं मिले

अभी तक अनेक ऐसी घटनाएँ प्रकाश में आ चुकी है , जब लोग समूहों अथवा अचानक धरती से गायब हो गये हैं । जीवित लोग तो जीवित लोग एक गांव की तो सारी क्यों तक के मुर्दे भी गायब हो चुके हैं । धारणा है कि इन घटनाओं के पीछे किसी अज्ञात लोक के प्राणियों का हाथ है । यदि सचमुच ऐसा है तो महज ही यह प्रश्न उठता है कि क्या कभी ऐसा कोई अपहृत प्राणी भू - लोक में वापस भी आया है ?

Bibliography
(1) विश्व प्रसिद्ध अनसुलझे रहस्य, पुस्तक महल
(2) ब्राह्मन्ड
(3) विश्व प्रसिद्ध अलौकिक रहस्य
(4) विश्व प्रसिद्ध अनूठे रहस्य
(5) विश्व प्रसिद्ध अलौकिक रहस्य
(6)-घित्र– विकिपीडिया

अस्तित्व

पश्चिमी दर्शन

पश्चिमी दर्शन की शुरुआत प्रेसोक्रेटिक दार्शनिकों से हुई , जिनका उद्देश्य सभी अस्तित्व के मूलभूत सिद्धांतों के आधार पर तर्कसंगत स्पष्टीकरण प्रदान करके ब्रह्मांड के पहले के पौराणिक विवरणों को बदलना था। थेल्स (लगभग 624-545 ईसा पूर्व) और हेराक्लिटस (लगभग 540-480 ईसा पूर्व) जैसे कुछ लोगों ने सुझाव दिया कि पानी और आग जैसे ठोस सिद्धांत अस्तित्व की जड़ हैं। एनाक्सीमैंडर (लगभग 610-545 ईसा पूर्व) ने इस स्थिति का विरोध किया; उनका मानना था कि स्रोत एक अमूर्त सिद्धांत में निहित होना चाहिए जो मानवीय धारणा की दुनिया से परे है।

प्लेटो और उनके शिष्य अरस्तू इस बात पर असहमत थे कि क्या रूप और पदार्थ अपने अस्तित्व के लिए एक दूसरे पर निर्भर हैं।
प्लेटो (428/427–348/347 ईसा पूर्व) ने तर्क दिया कि विभिन्न प्रकार की संस्थाओं के अस्तित्व की अलग-अलग डिग्री होती है और छाया और छवियाँ नियमित भौतिक वस्तुओं की तुलना में कमज़ोर अर्थों में मौजूद होती हैं। उन्होंने कहा कि अपरिवर्तनीय प्लेटोनिक रूपों में अस्तित्व का उच्चतम प्रकार होता है, और भौतिक वस्तुओं को प्लेटोनिक रूपों की अपूर्ण और अस्थायी प्रतियों के रूप में देखा।

दार्शनिक अरस्तू (384-322 ईसा पूर्व) ने प्लेटो के इस विचार को स्वीकार किया कि रूप पदार्थ से अलग हैं, लेकिन उन्होंने इस विचार को चुनौती दी कि रूपों का अस्तित्व उच्च प्रकार का होता है। इसके बजाय, उनका मानना था कि रूप पदार्थ के बिना मौजूद नहीं हो सकते। उन्होंने कहा: "अस्तित्व को कई तरीकों से कहा जाता है" और

पता लगाया कि विभिन्न प्रकार की संस्थाओं के अस्तित्व के अलग-अलग तरीके कैसे होते हैं। उदाहरण के लिए, उन्होंने पदार्थों और उनकी दुर्घटनाओं के बीच और संभाव्यता और वास्तविकता के बीच अंतर किया ।

प्लोटिनस (204-270 ई.) जैसे नियोप्लाटोनिस्ट ने सुझाव दिया कि वास्तविकता में एक पदानुक्रमित संरचना होती है। उनका मानना था कि एक पारलौकिक इकाई, जिसे "एक" या "अच्छा" कहा जाता है, सभी अस्तित्व के लिए जिम्मेदार है। इससे बुद्धि निकलती है, जो बदले में आत्मा और भौतिक दुनिया को जन्म देती है। मध्ययुगीन दर्शन में , कैंटरबरी के एंसेलम (1033-1109 ई.) ने प्रभावशाली ऑन्टोलॉजिकल तर्क तैयार किया , जिसका उद्देश्य ईश्वर की अवधारणा से ईश्वर के अस्तित्व का अनुमान लगाना है। एंसेलम ने ईश्वर को सबसे बड़ी कल्पनाशील सत्ता के रूप में परिभाषित किया। उन्होंने तर्क दिया कि एक इकाई जो उनके दिमाग के बाहर मौजूद नहीं है, वह सबसे बड़ी कल्पनाशील सत्ता नहीं होगी, जिससे वह इस निष्कर्ष पर पहुंचे कि ईश्वर मौजूद है।

थॉमस एक्विनास (1224-1274 ई.) ने किसी चीज़ के सार और उसके अस्तित्व के बीच अंतर किया। उनके अनुसार, किसी चीज़ का सार उसकी मौलिक प्रकृति का गठन करता है। उन्होंने तर्क दिया कि यह समझना संभव है कि कोई वस्तु क्या है और उसके सार को समझना है, भले ही कोई यह न जानता हो कि वस्तु मौजूद है या नहीं। उन्होंने इस अवलोकन से निष्कर्ष निकाला कि अस्तित्व किसी वस्तु के गुणों का हिस्सा नहीं है और इसे एक अलग संपत्ति के रूप में समझा जाना चाहिए। एक्विनास ने शून्य से सृजन की समस्या पर भी विचार किया और कहा कि केवल ईश्वर में ही नई संस्थाओं को वास्तव में अस्तित्व

में लाने की शक्ति है। इन विचारों ने बाद में तत्वमीमांसा गॉटफ्रीड विल्हेम लीबनिज (1646-1716) के सृजन के सिद्धांत को प्रेरित किया; लीबनिज ने कहा कि सृजन करना संभावित वस्तुओं को वास्तविक अस्तित्व प्रदान करना है।

दार्शनिक डेविड ह्यूम (१७११-१७७६) और इमैनुअल कांट (१७२४-१८०४) ने इस विचार को खारिज कर दिया कि अस्तित्व एक संपत्ति है। ह्यूम के अनुसार, वस्तुएं गुणों का समूह हैं । उन्होंने कहा कि अस्तित्व एक संपत्ति नहीं है क्योंकि बंडल गुणों के अलावा अस्तित्व की कोई छाप नहीं है। कांट ऑन्टोलॉजिकल तर्क की अपनी आलोचना में इसी तरह के निष्कर्ष पर पहुंचे; उनके अनुसार, यह प्रमाण विफल हो जाता है क्योंकि कोई अवधारणा की परिभाषा से यह निष्कर्ष नहीं निकाल सकता है कि इस अवधारणा द्वारा वर्णित इकाइयाँ मौजूद हैं या नहीं। कांट ने कहा कि अस्तित्व वस्तु की अवधारणा में कुछ भी नहीं जोड़ता है; यह केवल संकेत देता है कि यह अवधारणा उदाहरणात्मक है। दार्शनिक जॉर्ज विल्हेम फ्रेडरिक हेगेल (१७७०-१८३१) के अनुसार , कोई शुद्ध अस्तित्व या शुद्ध कुछ नहीं हैदार्शनिक और मनोवैज्ञानिक फ्रांज ब्रेंटानो (1838-1917) कांट की आलोचना और उनकी इस स्थिति से सहमत थे कि अस्तित्व एक वास्तविक विधेय नहीं है। ब्रेंटानो ने अपने निर्णयों के सिद्धांत को विकसित करने के लिए इस विचार का उपयोग किया, जिसमें कहा गया है कि सभी निर्णय अस्तित्वगत निर्णय हैं; वे किसी चीज़ के अस्तित्व की पुष्टि या खंडन करते हैं। उन्होंने कहा कि "कुछ ज़ेबरा धारीदार होते हैं" जैसे निर्णयों का तार्किक रूप "एक धारीदार ज़ेबरा है" है, जबकि "सभी ज़ेबरा धारीदार होते हैं" जैसे निर्णयों का तार्किक रूप "कोई धारीदार ज़ेबरा नहीं है" है।

गॉटलॉब फ़्रेगे (1848-1925) और बर्ट्रेंड रसेल (1872-1970) ने इस विचार को परिष्कृत करने का लक्ष्य रखा कि इसका क्या अर्थ है कि अस्तित्व एक नियमित संपत्ति नहीं है। उन्होंने व्यक्तियों के नियमित प्रथम-क्रम गुणों और अन्य गुणों के द्वितीय-क्रम गुणों के बीच अंतर किया। उनके दृष्टिकोण के अनुसार, अस्तित्व "तत्काल होने" का दूसरा क्रम गुण है। रसेल ने इस विचार को और विकसित किया कि "शेर मौजूद हैं" जैसे सामान्य वाक्य व्यक्तियों के बारे में अपने सबसे मौलिक रूप में हैं, यह बताते हुए कि एक व्यक्ति है जो शेर है।

विलार्ड वैन ऑरमैन क्वीन (1908-2000) ने अस्तित्व को दूसरे क्रम की संपत्ति के रूप में स्वीकार करने में फ्रेगे और रसेल का अनुसरण किया। उन्होंने औपचारिक तर्क में अस्तित्व और परिमाणीकरण की भूमिका के बीच एक करीबी संबंध स्थापित किया। उन्होंने इस विचार को वैज्ञानिक सिद्धांतों पर लागू किया और कहा कि एक वैज्ञानिक सिद्धांत किसी इकाई के अस्तित्व के लिए प्रतिबद्ध है यदि सिद्धांत इस इकाई पर परिमाणीकरण करता है। उदाहरण के लिए, यदि जीव विज्ञान में एक सिद्धांत यह दावा करता है कि "आनुवंशिक विविधता वाली आबादी हैं", तो इस सिद्धांत में आनुवंशिक विविधता वाली आबादी के अस्तित्व के लिए एक ऑन्कोलॉजिकल प्रतिबद्धता है। एलेक्सियस मेनॉन्ग (1853-1920) दूसरे क्रम के सिद्धांतों के एक प्रभावशाली आलोचक थे और उन्होंने वैकल्पिक दृष्टिकोण विकसित किया कि अस्तित्व व्यक्तियों की एक संपत्ति है और सभी व्यक्तियों में यह संपत्ति नहीं होती है।

पूर्वी दर्शन

पूर्वी दर्शन में कई विचारधाराएँ अस्तित्व की समस्या और इसके निहितार्थ पर चर्चा करती हैं। उदाहरण के लिए, प्राचीन हिंदू स्कूल सांख्य ने एक आध्यात्मिक द्वैतवाद को व्यक्त किया जिसके अनुसार दो प्रकार के अस्तित्व शुद्ध चेतना (पुरुष) और पदार्थ (प्रकृति) हैं। सांख्य ब्रह्मांड की अभिव्यक्ति को इन दो सिद्धांतों के बीच की परस्पर क्रिया के रूप में समझाता है। वैदिक दार्शनिक आदि शंकराचार्य (सी। ७००-७५० ई।) ने अद्वैत वेदांत के अपने स्कूल में एक अलग दृष्टिकोण विकसित किया । शंकराचार्य ने परमात्मा (ब्रह्म) को अंतिम वास्तविकता और एकमात्र अस्तित्व के रूप में परिभाषित करके एक आध्यात्मिक अद्वैतवाद का बचाव किया । इस दृष्टिकोण के अनुसार, यह धारणा कि कई अलग-अलग संस्थाओं से मिलकर एक ब्रह्मांड है, एक भ्रम (माया) है ।

बौद्ध दर्शन में एक केंद्रीय सिद्धांत को " अस्तित्व के तीन चिह्न " कहा जाता है, जो अनिक्का (अस्थायीता), अनत्ता (स्थायी आत्म का अभाव) और दुख (दुख) हैं। अनिक्का वह सिद्धांत है जिसके अनुसार सारा अस्तित्व परिवर्तन के अधीन है, जिसका अर्थ है कि सब कुछ किसी न किसी बिंदु पर बदल जाता है और कुछ भी हमेशा के लिए नहीं रहता। अनत्ता व्यक्तियों के संबंध में एक समान स्थिति को यह कहकर व्यक्त करता है कि लोगों की कोई स्थायी पहचान या अलग आत्म नहीं है। अनिक्का और अनत्ता के बारे में अज्ञानता को दुख का मुख्य कारण माना जाता है, जो लोगों को आसक्तियों को बनाने के लिए प्रेरित करता है जो दुख का कारण बनते हैं।

लाओजी ने दाओ को एक मौलिक सिद्धांत के रूप में देखा जो समस्त अस्तित्व का मूल है।

चीनी दर्शन के कई स्कूलों में एक केंद्रीय विचार , जैसे लाओजी का (6वीं शताब्दी ईसा पूर्व) दाओवाद , यह है कि दाओ के रूप में जाना जाने वाला एक मौलिक सिद्धांत सभी अस्तित्व का स्रोत है। इस शब्द का अक्सर "रास्ता" के रूप में अनुवाद किया जाता है और इसे एक ब्रह्मांडीय शक्ति के रूप में समझा जाता है जो दुनिया के प्राकृतिक क्रम को नियंत्रित करती है। चीनी तत्वमीमांसकों ने इस बात पर बहस की कि क्या दाओ अस्तित्व का एक रूप है या क्या, अस्तित्व के स्रोत के रूप में, यह गैर-अस्तित्व से संबंधित है।

अस्तित्व की अवधारणा ने अरबी-फ़ारसी दर्शन में एक केंद्रीय भूमिका निभाई । इस्लामी दार्शनिक एविसेना (980-1037 ई.) और अल-ग़ज़ाली (1058-1111 ई.) ने अस्तित्व और सार के बीच संबंधों पर चर्चा की, और कहा कि किसी इकाई का सार उसके अस्तित्व से पहले है। इकाई के अस्तित्व में आने के लिए सार को तत्काल स्थापित करने का अतिरिक्त कदम आवश्यक है। दार्शनिक मुल्ला सद्र (1571-1636 ई.) ने अस्तित्व पर सार की इस प्राथमिकता को खारिज कर दिया, और कहा कि सार केवल एक अवधारणा है जिसका उपयोग मन द्वारा अस्तित्व को समझने के लिए किया जाता है। इसके विपरीत, अस्तित्व, उनके दृष्टिकोण के अनुसार, संपूर्ण वास्तविकता को समाहित करता है।

अन्य परंपराएँ

स्वदेशी अमेरिकी दर्शन सभी अस्तित्व की परस्पर संबद्धता और प्रकृति के साथ संतुलन और सामंजस्य बनाए रखने के महत्व पर जोर देते हैं। इसे अक्सर एनिमिस्ट दृष्टिकोण के साथ जोड़ा जाता है जो पौधों, चट्टानों और स्थानों सहित कुछ या सभी संस्थाओं को आध्यात्मिक सार प्रदान करता है।

अस्तित्व के संबंधपरक पहलू में रुचि अफ्रीकी दर्शन में भी पाई जाती है , जो इस बात की खोज करता है कि कैसे सभी संस्थाएँ एक व्यवस्थित दुनिया बनाने के लिए कारणात्मक रूप से जुड़ी हुई हैं। अफ्रीकी दर्शन संस्थाओं को जीवंत करने और एक-दूसरे पर उनके प्रभाव के लिए जिम्मेदार एक अंतर्निहित और सर्वव्यापी जीवन शक्ति के विचार की भी जांच करता है।

धार्मिक दृष्टिकोण

जीवन के अर्थ पर धार्मिक दृष्टिकोण वे विचारधाराएँ हैं जो जीवन को मनुष्य द्वारा परिभाषित नहीं किए गए निहित उद्देश्य के संदर्भ में समझाती हैं। दुनिया के कई प्रमुख धार्मिक और धर्मनिरपेक्ष संगठनों द्वारा हस्ताक्षरित चार्टर फॉर कम्पैशन के अनुसार , धर्म का मूल 'दूसरों के साथ वैसा ही व्यवहार करें जैसा आप चाहते हैं कि वे आपके साथ करें' का सुनहरा नियम है । चार्टर के संस्थापक, करेन आर्मस्ट्रांग , प्राचीन रब्बी हिलेल को उद्धृत करते हैं जिन्होंने सुझाव दिया था कि 'बाकी सब टिप्पणी है'। यह टिप्पणी के महत्व को कम करने के लिए नहीं है, और आर्मस्ट्रांग का मानना है कि इसका अध्ययन, व्याख्या और अनुष्ठान वे साधन हैं जिनके द्वारा धार्मिक लोग सुनहरे नियम को आत्मसात करते हैं और जीते हैं।

अब्राहमिक धर्म

यहूदी धर्म

यहूदी विश्वदृष्टि में , जीवन का अर्थ भौतिक दुनिया ('ओलम हाज़ेह') को ऊपर उठाना और इसे आने वाली दुनिया (' ओलम हाबा '), मसीहाई युग के लिए तैयार करना है । इसे टिकुन ओलम ("दुनिया को ठीक करना") कहा जाता है। ओलम हाबा का अर्थ आध्यात्मिक परवर्ती जीवन भी हो सकता है, और इस पर युगांतिक व्यवस्था के बारे में बहस चल रही है। हालाँकि, यहूदी धर्म व्यक्तिगत मोक्ष पर नहीं, बल्कि इस दुनिया में सामुदायिक (मनुष्य और मनुष्य के बीच) और व्यक्तिगत (मनुष्य और ईश्वर के बीच) आध्यात्मिक कार्यों पर केंद्रित है।

यहूदी धर्म की सबसे महत्वपूर्ण विशेषता एक एकल, समझ से परे, पारलौकिक , एक, अविभाज्य, पूर्ण सत्ता की पूजा है, जिसने ब्रह्मांड का निर्माण और संचालन किया है। इस्राएल के ईश्वर के साथ निकटता उसके टोरा के अध्ययन और उसके मित्ज़वोट (ईश्वरीय नियमों) के पालन के माध्यम से है। पारंपरिक यहूदी धर्म में, ईश्वर ने माउंट सिनाई पर इस्राएल के लोगों के साथ एक विशेष वाचा स्थापित की, जिसमें यहूदी आज्ञाएँ दी गईं। टोरा में लिखित पेंटाटेच और लिखित मौखिक परंपरा शामिल है , जिसे पीढ़ियों के माध्यम से और विकसित किया गया है। यहूदी लोगों को "पुजारियों का एक राज्य और एक पवित्र राष्ट्र" और " राष्ट्रों के लिए प्रकाश " के रूप में माना जाता है, जो अन्य लोगों को नूह के अपने धार्मिक-नैतिक सात नियमों को बनाए रखने के लिए प्रभावित करते हैं। मसीहाई युग को ईश्वर के इस दोहरे मार्ग की पूर्णता के रूप में देखा जाता है।

यहूदी अनुष्ठानों में नैतिक और अनुष्ठान, सकारात्मक और निषेधात्मक निषेधाज्ञाएँ शामिल हैं। आधुनिक यहूदी संप्रदाय मिट्जवोट की प्रकृति, प्रासंगिकता और महत्व के बारे में भिन्न हैं। यहूदी दर्शन इस बात पर जोर देता है कि ईश्वर प्रभावित या लाभान्वित नहीं होता है, बल्कि व्यक्ति और समाज ईश्वर के करीब आने से लाभान्वित होते हैं। तर्कवादी मैमोनाइड्स नैतिक और अनुष्ठानिक दिव्य आज्ञाओं को ईश्वर की दार्शनिक समझ के लिए एक आवश्यक, लेकिन अपर्याप्त तैयारी के रूप में देखते हैं, जिसमें उसका प्रेम और विस्मय है। टोरा में मूलभूत मूल्यों में न्याय, करुणा, शांति, दया, कड़ी मेहनत, समृद्धि, विनम्रता और शिक्षा की खोज शामिल है। आने वाली दुनिया, वर्तमान में तैयार की गई, मनुष्य को ईश्वर के साथ एक चिरस्थायी संबंध में ले जाती है। शिमोन द राइटियस कहते हैं, "दुनिया तीन चीजों पर टिकी है: टोरा पर, पूजा पर और प्रेमपूर्ण दयालुता के कृत्यों पर।" प्रार्थना पुस्तक बताती है, "धन्य है हमारा ईश्वर जिसने हमें अपने सम्मान के लिए बनाया ... और हमारे भीतर अनंत जीवन बोया।" इस संदर्भ में, तल्मूड कहता है, "ईश्वर जो कुछ भी करता है वह भलाई के लिए करता है।" जिसमें दुख भी शामिल है।

यहूदी रहस्यवादी कबला जीवन के पूरक गूढ़ अर्थ देता है। यहूदी धर्म ईश्वर के साथ एक अंतर्निहित संबंध (व्यक्तिगत आस्तिकता) प्रदान करने के साथ-साथ, कबला में, आध्यात्मिक और भौतिक रचना ईश्वर के अस्तित्व (पैनेन्थिज्म) के अंतर्निहित पहलुओं की एक विरोधाभासी अभिव्यक्ति है, जो शेखिनाह (दिव्य स्त्री) से संबंधित है। यहूदी पालन सेफिरोट (दिव्य गुण) को उच्च स्तर पर जोड़ता है, जिससे सृष्टि में सामंजस्य स्थापित होता है। ल्यूरियनिक कबला में , जीवन का अर्थ ईश्वर के व्यक्तित्व की बिखरी हुई चिंगारियों का

मसीहाई सुधार है, जो यहूदी पालन के कार्यों के माध्यम से भौतिक अस्तित्व (केलीपोट गोले) में निर्वासित हैं।   इसके माध्यम से, हसीदिक यहूदी धर्म में ईश्वर की अंतिम आवश्यक "इच्छा" भौतिकता के माध्यम से सर्वव्यापी दिव्य सार का रहस्योद्घाटन है, जिसे एक व्यक्ति अपने सीमित भौतिक क्षेत्र के भीतर से प्राप्त करता है जब शरीर आत्मा को जीवन देगा।

ईसाई धर्म की जड़ें यहूदी धर्म में हैं, और यह बाद के धर्म की बहुत सी ऑन्कोलॉजी को साझा करता है। इसकी केंद्रीय मान्यताएँ ईसा मसीह की शिक्षाओं से प्राप्त होती हैं जैसा कि नए नियम में प्रस्तुत किया गया है । ईसाई धर्म में जीवन का उद्देश्य ईश्वर की कृपा और मसीह की मध्यस्थता के माध्यम से दिव्य मोक्ष की तलाश करना है। नया नियम ईश्वर के बारे में बात करता है कि वह इस जीवन और आने वाले जीवन दोनों में मनुष्यों के साथ संबंध बनाना चाहता है, जो तभी हो सकता है जब किसी के पापों को क्षमा कर दिया जाए ।

ईसाई दृष्टिकोण में, मानवजाति को ईश्वर की छवि में बनाया गया था और वह परिपूर्ण थी, लेकिन मनुष्य के पतन के कारण प्रथम माता-पिता की संतानों को मूल पाप और उसके परिणाम विरासत में मिले । मसीह का दुख , मृत्यु और पुनरुत्थान उस अशुद्ध अवस्था से पार पाने का साधन प्रदान करते हैं (रोमियों 6:23)। पाप से यह बहाली संभव है, इसे सुसमाचार कहा जाता है ।

मसीह के माध्यम से उद्धार को प्राप्त करने और ईश्वर के साथ संबंध बनाए रखने की विशिष्ट प्रक्रिया ईसाइयों के विभिन्न संप्रदायों के बीच भिन्न होती है, लेकिन सभी मसीह और सुसमाचार में विश्वास को मूल प्रारंभिक बिंदु के रूप में मानते हैं। ईश्वर में विश्वास के माध्यम से उद्धार इफिसियों 2:8–9 में पाया जाता है " क्योंकि अनुग्रह से तुम विश्वास के द्वारा उद्धार पाए हो; और यह तुम्हारी ओर से नहीं, वरन् ईश्वर का दान है; कर्मों के कारण नहीं, ऐसा न हो कि कोई घमण्ड करे।" (NASB ; 1973)। सुसमाचार का कहना है कि इस विश्वास के माध्यम से, मनुष्य और ईश्वर के बीच पाप द्वारा बनाई गई बाधा नष्ट हो जाती है, जिससे विश्वासियों को ईश्वर द्वारा पुनर्जीवित होने और ईश्वर की इच्छा के अनुसार उनके भीतर एक नया हृदय पैदा

करने की अनुमति मिलती है, जिसमें उनके सामने धार्मिकता से जीने की क्षमता होती है। बचाया शब्द लगभग हमेशा इसी को संदर्भित करता है।

सुधारवादी धर्मशास्त्र में, यह माना जाता है कि जीवन का उद्देश्य ईश्वर की महिमा करना है। वेस्टमिंस्टर शॉर्टर कैटेचिज़्म में, सुधारवादी ईसाइयों के लिए एक महत्वपूर्ण पंथ, पहला सवाल है: "मनुष्य का मुख्य उद्देश्य क्या है?" (अर्थात, "मनुष्य का मुख्य उद्देश्य क्या है?")। इसका उत्तर है: "मनुष्य का मुख्य उद्देश्य ईश्वर की महिमा करना और हमेशा के लिए उसका आनंद लेना है"। ईश्वर व्यक्ति से प्रकट नैतिक नियम का पालन करने की अपेक्षा करता है, जिसमें कहा गया है: "अपने प्रभु ईश्वर से अपने पूरे दिल से, अपनी पूरी आत्मा से, अपनी पूरी ताकत से और अपनी पूरी बुद्धि से प्रेम करो; और अपने पड़ोसी से अपने समान प्रेम करो"। बाल्टीमोर कैटेचिज़्म इस सवाल का जवाब देता है कि "ईश्वर ने आपको क्यों बनाया?" यह कहकर कि "ईश्वर ने मुझे उसे जानने, उससे प्रेम करने और इस दुनिया में उसकी सेवा करने और स्वर्ग में हमेशा उसके साथ खुश रहने के लिए बनाया है।"
प्रेरित पौलुस ने एथेंस के एरियोपैगस पर अपने भाषण में इस प्रश्न का उत्तर भी दिया है : "और उसने एक ही खून से मनुष्यों की हर जाति को सारी पृथ्वी पर रहने के लिए बनाया है, और उनके नियत समय और उनके निवास की सीमाओं को निर्धारित किया है, ताकि वे प्रभु की खोज करें, इस आशा में कि वे उसे टटोल कर पाएँ, हालाँकि वह हम में से किसी से भी दूर नहीं है।"

कैथोलिक धर्म के सोचने का तरीका सेंट इग्नाटियस ऑफ लोयोला के सिद्धांत और आधार के माध्यम से बेहतर ढंग से व्यक्त किया गया है

: "मानव व्यक्ति को हमारे प्रभु ईश्वर की स्तुति, श्रद्धा और सेवा करने के लिए बनाया गया है, और ऐसा करके, उसकी आत्मा को बचाया जा सकता है। पृथ्वी पर अन्य सभी चीजें मनुष्यों के लिए बनाई गई हैं ताकि उन्हें उस लक्ष्य को प्राप्त करने में मदद मिल सके जिसके लिए उन्हें बनाया गया है। इससे यह निष्कर्ष निकलता है कि किसी को अन्य निर्मित चीजों का उपयोग करना चाहिए, जहां तक वे उसके लक्ष्य की ओर मदद करती हैं, और खुद को उनसे मुक्त करना चाहिए, जहां तक वे उसके लक्ष्य की ओर बाधा डालती हैं। ऐसा करने के लिए, हमें सभी निर्मित चीजों के प्रति खुद को उदासीन बनाने की आवश्यकता है, बशर्ते कि मामला हमारी स्वतंत्र पसंद के अधीन हो और कोई अन्य निषेध न हो। इस प्रकार, जहां तक हमारा संबंध है, हमें बीमारी से अधिक स्वास्थ्य, गरीबी से अधिक धन, अपमान से अधिक प्रसिद्धि, छोटे जीवन से अधिक लंबा जीवन और इसी तरह बाकी सभी के लिए नहीं चाहिए, बल्कि हमें केवल वही चाहिए और वही चुनना चाहिए जो हमें उस लक्ष्य की ओर अधिक मदद करे जिसके लिए हमें बनाया गया है।"

मॉर्मनवाद सिखाता है कि पृथ्वी पर जीवन का उद्देश्य ज्ञान और अनुभव प्राप्त करना और आनंद प्राप्त करना है। मॉर्मन का मानना है कि मनुष्य वस्तुतः ईश्वर पिता की आत्मा की संतान हैं, और इस प्रकार उनके पास उनके जैसा बनने के लिए प्रगति करने की क्षमता है। मॉर्मन सिखाते हैं कि भगवान ने अपने बच्चों को पृथ्वी पर आने का विकल्प प्रदान किया, जिसे उनके विकास में एक महत्वपूर्ण चरण माना जाता है - जिसमें एक नश्वर शरीर, चुनने की स्वतंत्रता के साथ मिलकर सीखने और बढ़ने के लिए एक वातावरण बनाता है। एडम के पतन को स्वर्ग के लिए भगवान की मूल योजना के दुर्भाग्यपूर्ण या अनियोजित रद्दीकरण के रूप में नहीं देखा जाता है; बल्कि, नश्वरता

में पाया जाने वाला विरोध ईश्वर की योजना का एक अनिवार्य तत्व है क्योंकि चुनौतियों, कठिनाइयों और प्रलोभनों को सहने और उन पर काबू पाने की प्रक्रिया ज्ञान और शक्ति प्राप्त करने के अवसर प्रदान करती है क्योंकि परमेश्वर न्यायी है, वह उन लोगों को जिन्हें नश्वरता के दौरान सुसमाचार नहीं सिखाया गया था, उन्हें मृत्यु के बाद आत्मिक दुनिया में इसे प्राप्त करने की अनुमति देता है, ताकि उसके सभी बच्चों को परमेश्वर के साथ रहने के लिए वापस लौटने और अपनी पूरी क्षमता तक पहुँचने का अवसर मिले।

एक हालिया वैकल्पिक ईसाई धर्मशास्त्रीय प्रवचन यीशु की व्याख्या इस रूप में करता है कि जीवन का उद्देश्य मानवीय पीड़ा के प्रति हमारी दयालु प्रतिक्रिया को बढ़ाना है; फिर भी, पारंपरिक ईसाई स्थिति यह है कि लोगों को क्रूस पर यीशु की मृत्यु के प्रायश्चित बलिदान में विश्वास के द्वारा उचित ठहराया जाता है ।

इसलाम

इस्लाम में , मानवता का अंतिम उद्देश्य अपने निर्माता, अल्लाह (अंग्रेजी: ईश्वर) की पूजा करना है, उसके संकेतों के माध्यम से, और सच्चे प्रेम और भक्ति के माध्यम से उसके प्रति आभारी होना है। यह कुरान और पैगंबर की परंपरा (कुरानवादियों के अपवाद के साथ) में प्रकट दिव्य दिशानिर्देशों का पालन करके व्यावहारिक रूप से दिखाया गया है। सांसारिक जीवन एक परीक्षा है, जो परलोक में अल्लाह के साथ निकटता की स्थिति निर्धारित करती है। एक व्यक्ति या तो जन्नत (स्वर्ग) में उसके और उसके प्यार के करीब होगा या जहन्नम (नरक) में दूर होगा ।

अल्लाह की संतुष्टि के लिए, कुरान के माध्यम से, सभी मुसलमानों को ईश्वर, उसके रहस्योद्घाटन, उसके फ़रिश्तों , उसके दूतों और " क़यामत के दिन " पर विश्वास करना चाहिए। कुरान सृष्टि के उद्देश्य का वर्णन इस प्रकार करता है: "धन्य है वह जिसके हाथ में राज्य है, वह सभी चीज़ों पर शक्तिशाली है, जिसने मृत्यु और जीवन का निर्माण किया ताकि वह जांच सके कि तुममें से कौन कर्मों में सबसे अच्छा है, और वह सर्वशक्तिमान है, क्षमा करने वाला है।" (कुरान ६७:१-२) और "और मैंने (अल्लाह ने) जिन्न और मानव को नहीं बनाया, सिवाय इसके कि वे (अल्लाह के) आज्ञाकारी हों।" (कुरान ५१:५६)। आज्ञाकारिता ईश्वर की एकता को उसके आधिपत्य, उसके नामों और उसके गुणों में प्रमाणित करती है। सांसारिक जीवन एक परीक्षा है; कोई कैसे कार्य करता है (व्यवहार करता है) यह निर्धारित करता है कि उसकी आत्मा जन्नत (स्वर्ग) जाती है या जहन्नम (नरक) में। हालाँकि, क़यामत के दिन अंतिम फ़ैसला केवल अल्लाह का होता है।

इस्लाम के पाँच स्तंभ हर मुसलमान के लिए अनिवार्य कर्तव्य हैं; वे हैं: शहादत (विश्वास का पेशा); सलात (अनुष्ठान प्रार्थना); ज़कात (दान); सवाम (रमज़ान के दौरान उपवास), और हज (मक्का की तीर्थयात्रा)। वे हदीस कार्यों से प्राप्त होते हैं, विशेष रूप से सहीह अल-बुखारी और सहीह मुस्लिम से । कुरान में पाँच स्तंभों का सीधे तौर पर उल्लेख नहीं किया गया है।

कलाम के बीच मान्यताएँ भिन्न हैं । सुन्नी और अहमदिया की पूर्व-नियति की अवधारणा ईश्वरीय आदेश है ; शिया की पूर्व-नियति की अवधारणा ईश्वरीय न्याय है; सूफियों के गूढ़ दृष्टिकोण में , ब्रह्मांड केवल ईश्वर की प्रसन्नता के लिए मौजूद है; सृष्टि एक महान खेल है, जिसमें अल्लाह सबसे बड़ा पुरस्कार है।

जीवन के अर्थ के बारे में सूफी दृष्टिकोण हदीस कुदसी से उपजा है , जिसमें कहा गया है कि "मैं (ईश्वर) एक छिपा हुआ खजाना था और मुझे जाना जाना पसंद था। इसलिए मैंने सृष्टि का निर्माण किया ताकि मुझे जाना जा सके।" इस दृष्टिकोण की एक संभावित व्याख्या यह है कि किसी व्यक्ति के लिए जीवन का अर्थ ईश्वर की प्रकृति को जानना है, और सभी सृष्टि का उद्देश्य उस प्रकृति को प्रकट करना और अंतिम खजाने के रूप में उसका मूल्य साबित करना है, जो ईश्वर है। हालाँकि, इस हदीस को विभिन्न रूपों में कहा गया है और लोगों द्वारा विभिन्न तरीकों से व्याख्या की गई है, जैसे कि बहाई धर्म के अब्दुल-बहा , और इब्न अरबी के फुसुस अल-हिक्म में।

बहाई धर्मबहाई धर्म मानवता की एकता पर जोर देता है। बहाई लोगों के लिए, जीवन का उद्देश्य आध्यात्मिक विकास और मानवता की सेवा पर केंद्रित है। मनुष्य को आंतरिक रूप से आध्यात्मिक प्राणी के

रूप में देखा जाता है। इस भौतिक दुनिया में लोगों का जीवन बढ़ने, दिव्य गुणों और सद्गुणों को विकसित करने के लिए विस्तारित अवसर प्रदान करता है, और पैगंबरों को इसे सुविधाजनक बनाने के लिए भगवान द्वारा भेजा गया था।

दक्षिण एशियाई धर्म
हिंदू दर्शन

हिंदू धर्म एक धार्मिक श्रेणी है जिसमें कई मान्यताएँ और परंपराएँ शामिल हैं। चूँकि हिंदू धर्म लंबे समय तक सार्थक जीवन जीने का तरीका था, इससे पहले कि इसे एक अलग धर्म के रूप में नामित करने की आवश्यकता हो, हिंदू सिद्धांत प्रकृति में पूरक और पूरक हैं, आम तौर पर गैर-अनन्य, विचारोत्तेजक और सामग्री में सहिष्णु हैं। अधिकांश का मानना है कि आत्मा (आत्मा, आत्मा) - व्यक्ति का सच्चा स्व - शाश्वत है। आंशिक रूप से, यह हिंदू मान्यताओं से उपजा है कि आध्यात्मिक विकास कई जन्मों में होता है, और लक्ष्यों को व्यक्ति के विकास की स्थिति से मेल खाना चाहिए। मानव जीवन के चार संभावित उद्देश्य हैं, जिन्हें पुरुषार्थ (सबसे छोटे से सबसे बड़े क्रम में) के रूप में जाना जाता है: (i) काम (इच्छा, चाह, प्रेम और कामुक सुख), (ii) अर्थ (धन, समृद्धि, वैभव), (iii) धर्म (धार्मिकता, कर्तव्य, नैतिकता, सद्गुण , नैतिकता), जिसमें अहिंसा और सत्य जैसी धारणाएँ शामिल हैं और (iv) मोक्ष (मुक्ति, यानी संसार से मुक्ति, पुनर्जन्म का चक्र)।

हिंदू धर्म के सभी स्कूलों में, जीवन का अर्थ कर्म (कारण क्रिया), संसार (जन्म और पुनर्जन्म का चक्र) और मोक्ष (मुक्ति) की अवधारणाओं में बंधा हुआ है। अस्तित्व को कई जन्मों में आत्मा (पश्चिमी आत्मा की अवधारणा के समान) की प्रगति और कर्म से मुक्ति की ओर इसकी अंतिम प्रगति के रूप में माना जाता है। जीवन के लिए विशेष लक्ष्यों को आम तौर पर व्यापक योग (अभ्यास) या धर्म (सही जीवन) के अंतर्गत शामिल किया जाता है, जिसका उद्देश्य अधिक अनुकूल पुनर्जन्म बनाना होता है, हालांकि वे आम तौर पर इस जीवन में

सकारात्मक कार्य भी होते हैं। हिंदू धर्म के पारंपरिक स्कूल अक्सर देवों की पूजा करते हैं जो ईश्वर (व्यक्तिगत या चुने हुए भगवान) की अभिव्यक्तियाँ हैं ; इन देवों को आध्यात्मिक सुधार के रूप में पहचाने जाने के लिए आदर्श रूप माना जाता है।

संक्षेप में, लक्ष्य स्वयं के बारे में मौलिक सत्य को समझना है। यह विचार महावाक्यों (" तत् त्वम् असि " (तू ही वह है), "अहम ब्रह्मास्मि", "प्रज्ञानं ब्रह्म" और "अयम् आत्मा ब्रह्म" (यह आत्मा ही ब्रह्म है)) में व्यक्त किया गया है।

अद्वैत और द्वैत हिंदू धर्म
बाद के स्कूलों ने वेदों की पुनर्व्याख्या करके ब्रह्म , "बिना किसी दूसरे के", पर ध्यान केंद्रित किया , जो एक केंद्रीय ईश्वर-जैसी आकृति है।

अद्वैत वेदांत में , आत्मा अंततः ब्रह्म से अविभाज्य है, और जीवन का लक्ष्य यह जानना या महसूस करना है कि किसी की आत्मा (आत्मा) ब्रह्म के समान है । उपनिषदों के अनुसार , जो कोई भी आत्मा के बारे में पूरी तरह से अवगत हो जाता है, वह स्वयं के मूल के रूप में, ब्रह्म के साथ पहचान का एहसास करता है, और, इस तरह, मोक्ष (मुक्ति, स्वतंत्रता) प्राप्त करता है ।

द्वैत वेदांत और अन्य भक्ति संप्रदायों में द्वैतवादी व्याख्या है। ब्रह्म को एक व्यक्तित्व और प्रकट गुणों वाले सर्वोच्च प्राणी के रूप में देखा जाता है। आत्मा अपने अस्तित्व के लिए ब्रह्म पर निर्भर है; जीवन का अर्थ भगवान के प्रेम और उनकी कृपा के माध्यम से मोक्ष प्राप्त करना है।

वैष्णव

वैष्णववाद हिंदू धर्म की एक शाखा है जिसमें मुख्य मान्यता विष्णु या नारायण को एक सर्वोच्च ईश्वर के रूप में पहचानना है। यह मान्यता कृष्ण-केंद्रित परंपराओं, जैसे वल्लभ , निम्बार्क और गौड़ीय से भिन्न है , जिसमें कृष्ण को एकमात्र सर्वोच्च ईश्वर और सभी अवतारों का स्रोत माना जाता है ।

वैष्णव धर्मशास्त्र में हिंदू धर्म की केंद्रीय मान्यताएँ जैसे एकेश्वरवाद , पुनर्जन्म , संसार , कर्म और विभिन्न योग प्रणालियाँ शामिल हैं, लेकिन भक्ति योग की प्रक्रिया के माध्यम से विष्णु के प्रति भक्ति (भक्ति) पर विशेष जोर दिया जाता है, जिसमें अक्सर विष्णु के नाम (भजन) गाना, उनके रूप (धारणा) का ध्यान करना और देवता पूजा (पूजा) करना शामिल होता है। देवता पूजा की प्रथाएँ मुख्य रूप से पंचरात्र और विभिन्न संहिताओं जैसे ग्रंथों पर आधारित हैं।

एक लोकप्रिय विचारधारा, गौड़ीय वैष्णववाद , अचिंत्य भेदा अभेदा की अवधारणा सिखाता है । इसमें कृष्ण को एकमात्र सच्चे भगवान के रूप में पूजा जाता है, और सभी जीव शाश्वत अंश हैं और भगवान कृष्ण के सर्वोच्च व्यक्तित्व हैं। इस प्रकार एक जीव की संवैधानिक स्थिति प्रेम और भक्ति के साथ भगवान की सेवा करना है। मानव जीवन का उद्देश्य विशेष रूप से खाने, सोने, संभोग करने और रक्षा करने के पशुवत तरीके से परे सोचना और कृष्ण के साथ खोए हुए रिश्ते को पुनर्जीवित करने के लिए उच्च बुद्धि को शामिल करना है।

जैन धर्म

जैन धर्म प्राचीन भारत में उत्पन्न एक धर्म है , इसकी नैतिक प्रणाली

सभी से ऊपर आत्म-अनुशासन को बढ़ावा देती है। जिना की तपस्वी शिक्षाओं का पालन करने के माध्यम से, एक मानव आत्मज्ञान (पूर्ण ज्ञान) प्राप्त करता है। जैन धर्म ब्रह्मांड को जीवित और निर्जीव प्राणियों में विभाजित करता है। केवल जब जीवित निर्जीव से जुड़ जाता है, तो दुख का परिणाम होता है। इसलिए, खुशी आत्म-विजय और बाहरी वस्तुओं से मुक्ति का परिणाम है। तब जीवन का अर्थ आत्म-साक्षात्कार और आनंद प्राप्त करने के लिए भौतिक शरीर का उपयोग करना कहा जा सकता है।

जैन मानते हैं कि हर इंसान अपने कर्मों के लिए ज़िम्मेदार है और सभी जीवों में एक शाश्वत आत्मा, जीव है। जैन मानते हैं कि सभी आत्माएँ समान हैं क्योंकि उन सभी में मुक्त होने और मोक्ष प्राप्त करने की क्षमता है। कर्म के बारे में जैन दृष्टिकोण यह है कि हर क्रिया, हर शब्द, हर विचार का आत्मा पर प्रभाव पड़ता है।

जैन धर्म में अहिंसा (या अहिंसा) का सख्त पालन शामिल है, जो अहिंसा का एक रूप है जो शाकाहार से कहीं आगे जाता है। जैन अनावश्यक क्रूरता से प्राप्त भोजन को अस्वीकार करते हैं। आधुनिक डेयरी फार्मों की हिंसा के कारण कई लोग शाकाहार के समान जीवनशैली का पालन करते हैं, और अन्य लोग अपने आहार से जड़ वाली सब्ज़ियों को बाहर कर देते हैं ताकि वे उन पौधों के जीवन को बचा सकें जिनसे वे खाते हैं।

बुद्ध धर्म

प्रारंभिक बौद्ध धर्मबौद्ध लोग जीवन में मौजूद बुराइयों (पीड़ा) और खुशहाली को ध्यान में रखकर अभ्यास करते हैं। बौद्ध लोग जीवन में बुराइयों और खुशहाली के कारणों को देखने का अभ्यास करते हैं।

उदाहरण के लिए, दुख के कारणों में से एक भौतिक या अभौतिक वस्तुओं के प्रति अस्वस्थ लगाव है। बौद्ध सूत्र और तंत्र "जीवन के अर्थ" या "जीवन के उद्देश्य" के बारे में नहीं बोलते हैं, बल्कि दुख को समाप्त करने के लिए मानव जीवन की क्षमता के बारे में बात करते हैं, उदाहरण के लिए लालसा और वैचारिक लगाव को गले लगाने (दबाने या अस्वीकार करने के माध्यम से नहीं)। वैराग्य प्राप्त करना और उसे पूर्ण करना कई स्तरों की एक प्रक्रिया है जो अंततः निर्वाण की स्थिति में परिणत होती है। निर्वाण का अर्थ है दुख और पुनर्जन्म दोनों से मुक्ति ।

आठ तीलियों वाला धर्मचक्र
थेरवाद बौद्ध धर्म को आम तौर पर शुरुआती बौद्ध अभ्यास के करीब माना जाता है। यह विभज्जवाद (पाली) की अवधारणा को बढ़ावा देता है, जिसका शाब्दिक अर्थ है "विश्लेषण की शिक्षा", जो कहता है कि अंतर्दृष्टि आकांक्षी के अनुभव, आलोचनात्मक जांच और तर्क से आनी चाहिए न कि अंधविश्वास से। हालांकि, थेरवादिन परंपरा बुद्धिमानों की सलाह पर ध्यान देने पर भी जोर देती है, ऐसी सलाह और अपने स्वयं के अनुभवों के मूल्यांकन को दो ऐसे परीक्षण मानते हैं जिनके द्वारा अभ्यासों का मूल्यांकन किया जाना चाहिए। थेरवादिन का लक्ष्य चार आर्य सत्यों के अनुसार दुख से मुक्ति (या स्वतंत्रता) है। यह निर्वाण , या बंधन से मुक्ति की प्राप्ति में प्राप्त होता है जो जन्म, बुढ़ापे, बीमारी और मृत्यु के बार-बार होने वाले चक्र को भी समाप्त करता है । निर्वाण प्राप्त करने का तरीका आर्य अष्टांगिक मार्ग का अनुसरण और अभ्यास करना है ।

महायान बौद्ध धर्म

महायान बौद्ध स्कूल व्यक्तिगत दुख (दुःख) से मुक्ति और जागृति (निर्वाण) की प्राप्ति के पारंपरिक दृष्टिकोण (अभी भी थेरवाद में प्रचलित) पर जोर नहीं देते हैं । महायान में, बुद्ध को एक शाश्वत, अपरिवर्तनीय, अकल्पनीय, सर्वव्यापी प्राणी के रूप में देखा जाता है। महायान सिद्धांत के मूल सिद्धांत सभी प्राणियों के लिए दुख से सार्वभौमिक मुक्ति की संभावना और पारलौकिक बुद्ध-प्रकृति के अस्तित्व पर आधारित हैं, जो सभी जीवित प्राणियों में मौजूद शाश्वत बुद्ध सार है, लेकिन छिपा हुआ और अपरिचित है।

महायान बौद्ध धर्म के दार्शनिक स्कूल, जैसे कि चैन/ज़ेन और वज्रयान तिब्बती और शिंगोन स्कूल, स्पष्ट रूप से सिखाते हैं कि बोधिसत्व को पूर्ण मुक्ति से बचना चाहिए, जब तक कि सभी प्राणी आत्मज्ञान प्राप्त नहीं कर लेते, तब तक उन्हें दुनिया में पुनर्जन्म लेने की अनुमति देनी चाहिए। शुद्ध भूमि बौद्ध धर्म जैसे भक्ति विद्यालय दिव्य बुद्धों की सहायता चाहते हैं - ऐसे व्यक्ति जिन्होंने सकारात्मक कर्म संचित करने में जीवन बिताया है, और उस संचय का उपयोग सभी की सहायता के लिए करते हैं।

सिख धर्म

सिख धर्म के अनुयायियों को दस सिख गुरुओं या प्रबुद्ध नेताओं की शिक्षाओं का पालन करने का निर्देश दिया गया है, साथ ही गुरु ग्रंथ साहिब नामक पवित्र ग्रंथ का भी पालन करने का निर्देश दिया गया है , जिसमें विभिन्न सामाजिक-आर्थिक और धार्मिक पृष्ठभूमि के कई दार्शनिकों की चयनित रचनाएं शामिल हैं।

सिख गुरु कहते हैं कि विभिन्न आध्यात्मिक मार्गों का अनुसरण करके मोक्ष प्राप्त किया जा सकता है, इसलिए सिखों का मोक्ष पर

एकाधिकार नहीं है: "भगवान हर दिल में बसते हैं, और हर दिल के पास उन तक पहुँचने का अपना रास्ता है।" सिखों का मानना है कि ईश्वर के सामने सभी लोग समान रूप से महत्वपूर्ण हैं । सिख अपने नैतिक और आध्यात्मिक मूल्यों को ज्ञान की खोज के साथ संतुलित करते हैं, और उनका उद्देश्य शांति और समानता के जीवन को बढ़ावा देना है, लेकिन सकारात्मक कार्रवाई भी करना है।

सिख धर्म की एक प्रमुख विशिष्ट विशेषता ईश्वर की गैर- मानवरूपी अवधारणा है, इस हद तक कि कोई ईश्वर की व्याख्या स्वयं ब्रह्मांड (सर्वेश्वरवाद) के रूप में कर सकता है। इस प्रकार सिख धर्म जीवन को इस ईश्वर को समझने के साथ-साथ प्रत्येक व्यक्ति में निहित दिव्यता की खोज करने के अवसर के रूप में देखता है। जबकि ईश्वर की पूरी समझ मनुष्य से परे है, नानक ने ईश्वर को पूरी तरह से अज्ञात नहीं बताया, और इस बात पर जोर दिया कि ईश्वर को मनुष्य की "आंतरिक आंख", या "हृदय" से देखा जाना चाहिए: भक्तों को आत्मज्ञान की ओर बढ़ने के लिए ध्यान करना चाहिए और एक सिख का अंतिम गंतव्य भगवान के प्रेम में अहंकार को पूरी तरह से खोना और अंततः सर्वशक्तिमान निर्माता में विलीन होना है। नानक ने ध्यान के माध्यम से रहस्योद्घाटन पर जोर दिया, क्योंकि इसका कठोर अनुप्रयोग ईश्वर और मनुष्यों के बीच संचार के अस्तित्व की अनुमति देता है।

पूर्वी एशियाई धर्म

ताओ धर्म

ताओवादी ब्रह्मांड विज्ञान सभी संवेदनशील प्राणियों और सभी मनुष्यों के लिए आदिम की ओर लौटने या आत्म-साक्षात्कार और आत्म-साक्षात्कार के माध्यम से ब्रह्मांड की एकता के साथ फिर से जुड़ने की आवश्यकता पर जोर देता है । सभी अनुयायियों को परम सत्य को समझना चाहिए और उसके साथ तालमेल बिठाना चाहिए।

ताओवादियों का मानना है कि सभी चीजें मूल रूप से ताइजी और ताओ से हैं , और अनुयायियों के लिए जीवन का अर्थ अस्तित्व की लौकिक प्रकृति को समझना है। "केवल आत्मनिरीक्षण ही हमें जीने के अपने अंतरतम कारणों को खोजने में मदद कर सकता है ... सरल उत्तर हमारे भीतर ही है।"

शिंटो

शिंटो जापान का मूल धर्म है। शिंटो का अर्थ है " कामी का मार्ग ", लेकिन अधिक विशेष रूप से, इसका अर्थ "दिव्य चौराहा जहाँ कामी अपना रास्ता चुनता है" के रूप में लिया जा सकता है। "दिव्य" चौराहा दर्शाता है कि पूरा ब्रह्मांड दिव्य आत्मा है। स्वतंत्र इच्छा की यह नींव , अपना रास्ता चुनना, इसका मतलब है कि जीवन एक रचनात्मक प्रक्रिया है।

शिंटो चाहते हैं कि जीवन जीवित रहे, न कि मर जाए। शिंटो मृत्यु को प्रदूषण के रूप में देखते हैं और जीवन को वह क्षेत्र मानते हैं जहाँ दिव्य आत्मा उचित आत्म-विकास द्वारा खुद को शुद्ध करना चाहती है।

शिंटो चाहते हैं कि व्यक्तिगत मानव जीवन पृथ्वी पर हमेशा के लिए लम्बा हो जाए, क्योंकि यह दिव्य आत्मा की जीत है जो अपने उच्चतम रूपों में अपने वस्तुनिष्ठ व्यक्तित्व को संरक्षित करती है। दुनिया में बुराई की उपस्थिति, जैसा कि शिंटो द्वारा कल्पना की गई है, ऐसा करने से इनकार करते हुए मानवीय पीड़ा को दूर करने में सक्षम होने की दिव्यता पर जिम्मेदारी थोपकर दिव्य प्रकृति को मंद नहीं करती है। जीवन की पीड़ाएँ वस्तुनिष्ठ दुनिया में प्रगति की तलाश में दिव्य आत्मा की पीड़ाएँ हैं।

नये धर्म

पूर्वी एशिया में कई नए धार्मिक आंदोलन हैं , और कुछ के लाखों अनुयायी हैं: चोंडोग्यो , तेनरिक्यो , काओ दाइ और सेइचो-नो-इ। नए धर्मों में आमतौर पर जीवन के अर्थ के लिए अनूठी व्याख्याएँ होती हैं। उदाहरण के लिए, तेनरिक्यो में, व्यक्ति से अपेक्षा की जाती है कि वह अपने और दूसरों के लिए खुशी पैदा करने वाली प्रथाओं में भाग लेकर एक आनंदमय जीवन जिए।

ईरानी धर्म

पारसी धर्म

जोरास्ट्रियन एक ऐसे ब्रह्मांड में विश्वास करते हैं जो एक पारलौकिक ईश्वर, अहुरा मज़्दा द्वारा बनाया गया है, जिसकी सभी पूजा अंततः निर्देशित होती है। अहुरा मज़्दा की रचना आशा , सत्य और व्यवस्था है, और यह इसके विपरीत , द्रुज , झूठ और अव्यवस्था के साथ संघर्ष में है ।

चूँकि मानवता के पास स्वतंत्र इच्छा है, इसलिए लोगों को अपने नैतिक विकल्पों के लिए ज़िम्मेदार होना चाहिए। स्वतंत्र इच्छा का

उपयोग करके, लोगों को सार्वभौमिक संघर्ष में सक्रिय भूमिका निभानी चाहिए, अच्छे विचारों, अच्छे शब्दों और अच्छे कर्मों के साथ खुशी सुनिश्चित करने और अराजकता को दूर रखने के लिए।

मेरी अन्य पुस्तकें निम्न है–

क्रमांक	पुस्तक का नाम
1	पृथ्वी के प्रचलित धर्म व पंथ
2	कुरान करीम का विशेष ज्ञान
3	जीवन एक पहेली व स्वास्थ्य
4	जीवन तथा भाषा की उत्पत्ति कैसे हुई?
5	इस्लाम एक परिचय व संप्रदाय
6	अल्लाह एक परिचय
7	आज भी अंल खि□ जिंदा है?
8	सात सोने वालों की रहस्यमई घटना
9	प्रार्थना, सभी धर्मों में
10	उपदेश महान लोगों के, सभी धर्मों में
11	स्वप्न, व्याख्या, प्रत्येक धर्म में
12	हारूत तथा मारुत की कहानी
13	आत्मा (रूह) धर्म तथा विज्ञान की नजर में
14	असली सिकंदर (जुलकरनैन)
15	दुःख
16	ईश्वर, प्रार्थना, उपदेश, नास्तिक, दुःख
17	विश्व के प्रमुख धर्म मत व सम्प्रदाय
18	पवित्र कुरान एक परिचय तथा उसके अनसुलझे रहस्य

| 40 | पवित्र कुरआन का कानून सही या गलत? |
| 41 | पवित्र कुरआन में इंसानियत? |

यह सारी पुस्तकें अंग्रेजी संस्करण में भी उपलब्ध है। तथा कुछ अंतर्राष्ट्रीय भाषा में उपलब्ध है।

सभी पुस्तकें पेपर बैक संस्करण तथा हार्ड कवर संस्करण में भी उपलब्ध है।

उपरोक्त पुस्तकें

notionpress.com पर भी उपलब्ध है।

मेरी ई बुक संस्करण (निशुल्क) निम्न है —

क्रमांक	पुस्तक का नाम
1	विश्व के प्रमुख धर्म मत व सम्प्रदाय
2	पवित्र कुरान एक परिचय व उसके अनसुलझे रहस्य
3	जीवन की कुछ अनसुलझी पहेली
4	असली सिकंदर (जुलकरनैन)
5	स्वप्न (व्याख्या) धर्म तथा विज्ञान की नजर में
6	आत्मा (रूह) धर्म तथा विज्ञान की नजर में
7	मनुष्य तथा भाषा की उत्पत्ति कैसे हुई?
8	ईश्वर, प्रार्थना, उपदेश, नास्तिक, दुःख
9	हारूत तथा मारूत की कहानी
10	उपदेश महान लोगों के, सभी धर्मों में
11	प्रार्थना, सभी धर्मों में
12	आज भी अंल खिⴰ जिंदा है?
13	अल्लाह एक परिचय

14	इस्लाम एक परिचय व सम्प्रदाय
15	अल खिज़्र एक परिचय
16	किंग सोलोमन तथा मलिका बिल्कीश (तौरेत तथा कुरान के अनुसार)
17	एक इस्लामी सम्प्रदाय अहले हदीस का परिचय
18	अपना स्वास्थ्य (सेक्स संबंधी)
19	बाइबिल एक परिचय, क्या ओरिजिनल बाइबिल आज भी उपलब्ध है?
20	दुर्लभ चीजें जो मेरे पास मूल रूप में उपलब्ध है।
21	नास्तिक और बौद्ध धर्म (धम्म)
22	अधम्म क्या है?
23	अल कहफ (अर रकीम) की रहस्मय कहानी
24	धर्म संस्थापक का जीवन परिचय ,सभी धर्मों के
25	दुःख
26	नास्तिक तथा बौद्ध धर्म
27	शांति की खोज
28	खुदा या खुद से प्रतिज्ञा?
29	ईश्वर अस्तित्व का प्रमाण
30	तलाक! जिम्मेदार कौन?
31	कयामत की निशानी
32	जन्नत की कल्पना
33	कुरआन के गहन शब्दों का अर्थ
34	हदीस से मजहब तक

अपना व्यक्तिगत परिचय

मेरा नाम अब्दुल वहीद है मेरे पिता का नाम स्वर्गीय हाजी उबैदुर्रहमान है व माता का नाम जैबुन्निसा है। मैंने बचपन से ही वैज्ञानिक विचारधारा को पसंद किया है और शांत स्वभाव व पुस्तकों से लगाव रहा है। जिससे मेरी रोज जिज्ञासा रुचि निरंतर नए-नए खोजो को जानकारी में प्रयुक्त रहा है। मैं BSc करते समय पालीटेक्निक में सेलेक्शन हो गया था, लेकिन दुर्भाग्यवश अधूरा रह गया था क्योंकि पिता और भाई का सर्वगवास हो गया था ।

मेरे पिता जी की दो बातें जो, मेरे जीवन के लिए अत्यंत अनमोल है

प्रथम– इमानदारी से कमाओ झूठ का सहारा मत लो,

दूसरा– अन्न की इज्जत करो और जितना खाना हो उतना ही लो।

इसलिए घर की जिम्मेदारी, फिर बाद में विवाह हो जाने के कारण शिक्षा अधूरी रह गई । फिर भी हिम्मत नहीं हारा और आज आपके सामने मेरे विचारों के रूप में पुस्तक उपलब्ध है । मेरे लेख प्रसिद्ध पत्र-पत्रिकाओं में छप चुके हैं। यदि कोई जानकारी अधूरी रह गई हो तो कृपया जरुर अवगत कराये । धन्यवाद ।

पता- निब्लेट तिराहा, बेगमगंज, बाराबंकी, उत्तर प्रदेश, इंडिया,

कृपया मुझसे संपर्क करें–

https://www.facebook.com/profile.php?id=1000912980262

18

हर इंसान का जीवन एक पहेली की तरह है और बहुत सी अनसुलझी चीजें हैं जो मनुष्य समझ नहीं पाता और वह गुत्थी रह जाती है यह फैक्ट है , इसी विषय पर आपके सामने कुछ तथ्य पुस्तक के रूप में रखे गए हैं जिससे पढ़कर आप जानकारी व लाभ उठा सकते हैं । यह संसार और जीवन ही एक अनसुलझी गुत्थी है , जिसे समझने के लिए तमाम प्रयत्न वैज्ञानिक व धार्मिक लोग करते रहते हैं ।